寺山修司を待ちながら

時代を挑発し続けた男の文化圏

石田和男 ishida kazuo

言視舎

寺山修司を待ちながら　目次

第1章　天井桟敷の人々

I

寺山修司が亡くなって（1983年）30年以上経過してもなお寺山熱は冷めそうにない。美輪明宏（第3章参照）演ずる『毛皮のマリー』公演も再演を重ね、大成功である。

寺山修司と最初に出会ったのが1978年である。それから亡くなる3カ月前まで接触を持った。すべて仕事がらみだった。彼の著作の出版、天上桟敷(1)の公演に関するものが主だ。例外的に会ったのは、ポーランドの演出家タデウシュ・カントール(2)来日の際にパルコで行なわれたシンポジウム会場でとか、ブリヂストン美術館「具象絵画の革命」展ぐらいであった。それも立ち話程度である。ただ仕事の打ち合わせのときが詳しい内容についての話だった。それから5年あまりの付き合いだが、いろいろあった気がする。その前に、ちょっとした偶然でクロスオーバーしている。この体験もご縁だと思っている。このときはまさか彼の最後の公演にかかわりを持つとは思っていなかった。

わたしは1971年2月12日横浜港からパリへ向けて出発した。

なぜ船でと思われるかもしれない。戦前母は横浜に住み、日本郵船に勤めていた。母は、米軍による空襲で焼け出され横須賀に疎開し、父と出会い結婚した。

小さいときから浜っ子である叔父や母から戦前の横浜の話を聞かされていた。そして、実際に市電に乗り、オデオン座、横浜ピカデリー、南京町、不二屋と訪れてみた。焼け出された後とはいえ、当時の横浜には異国情緒、ハイカラさが残っていた。みなと横浜は少年を遠い海の向こうの世界へと憧れさせるのに十分な要素を持っていた。

そんなこともあって海外に出るときには横浜からと決めていた。横浜港を出るときは誰も送りにこなかった。ひとりで発ちたかったのである。

途中、ナホトカからハバロフスクまでは汽車で、ハバロフスクからモスクワまでは飛行機で、モスクワからパリまではウイーン経由で電車で行った。合計17日間の旅であった。通過した国は、ソ連、ポーランド、オーストリア、スイス。最後にフランスに到着した。

パリの北駅に到着するなり地下鉄で真直ぐモンパルナス駅の近くに住む友人のアパートへ向かった。その日の夕方、友人の案内で、レアール市場の近くの安いホテルを紹介してもらった。2階にある2人部屋に案内された。

日本人の青年がすでに住んでいた。というのもホテルとはいってても実際はアパートになっていて長期滞在者が住んでいた。日本人の青年は観光客というよりは住人である。パリの事情に通じていそうだったが、こちらはあくまで間借り人なので遠慮があった。

最初のパリの夜なので外に出かけることにした。外の空気が心地よかった。

自分は自由の空気を吸っているのだと思った。そこで、リルケの手記が思い出された。

「なるほど人々はこの町に生きるためにやってくる。しかしあらゆるものは死に絶える他ないのだ」（『マルテの手記』）。そうやって自分の世界に浸りながら市場の雑踏の中を歩いていた。

中央市場はすでに移転が決まっており、その一部はすでに移転作業が始められていた。

鉄骨とガラスでできたドーム状の建造物はできた当時はモダーンなものだった。しかし、そのときにはゴミと残骸に満ち溢れていた。でも、東の果てから来た青年にとってはそれもパリという都市美術館の一部として、かけがえのないものに見えた。

そんなカオスの中でも活動をやめずにいる店があった。白衣を真っ赤な血に染めた大柄な肉屋が肩に大きな肉塊を担いで冷凍庫の中に入っていった。しばらくするとその男は冷凍庫から出てきて、血のついた白衣のままでカフェのカウンターで生ビールを飲んでいた。

そこにある光景はマン・レイの写真集の世界さながらのように思われた。

わたしの自我が少しずつ夕暮れのパリのセピア色の世界に溶け込んでいこうとしたまさにそのとき、視界の中にリアルに現れたのが天上桟敷の一団だった。彼らは中央市場の一角でなにやらせっせと作業にいそしんでいた。

でも、その光景は演劇公演のためというようなものではなかった。むしろ作業場のゴミかたづけといった感じだった。何をしているのか聞いてみた。彼らはあまり多くを語らなかった。

そこで芝居の上演をするらしいのだが、日程が定かでないらしい。パリ市の上演許可を待っているという。それが実現するのにはまだかなり作業が残っている感じだった。わたしは半ば合点してその場を去った。

ホテルに戻り同居人にその件を話すと、ずっとあそこで準備しているのだけど進展がないので実現は難しいのでは、といっていた。そういう噂がパリの日本人の間には広まっているのだという。

2日後にはわたしはそのホテルを出てパリ郊外のユースホステルに移動した。その後、天上桟敷の公演がどうなったかは知らずじまいであった。

2014年弘前のシンポジウム先で偶然お会いした寺山修司記念館館長の佐々木英明氏にたずねてみると、あの時、佐々木氏は天上桟敷の団員とナンシー演劇祭に参加し、日本への帰り道にパリに立ち寄ったのだそうである。ところが急に公演の話が持ち上がり準備のためにレ・アールの現場にいたのだそうである。そして実際に芝居『毛皮のマリー』を上演したということである。

その後、わたしはパリに1年半滞在した。それまで取り立てて演劇に関心がなかったのに、意識的に劇場に足を運ぶようになったのはパリだったからだろう。これまで演劇鑑賞といえば高校生の時の劇団円公演『オンディーヌ』くらいのものである。主演の岸田今日子の演技がすばらしかったのを覚えている。

それがパリに暮らすようになるとかなり観に行く機会が多くなった。まずパリの中心街は意外に狭い。その気になればたいがい歩いて劇場まで行ける。それに切符が安いので週末になると出かけていった。芝居好きの人が多いので話題の作品を探すのに苦労はいらない。カフェで人が集まればまず話題は映画か芝居なのだ。隣で何の関係もなしに聞いていても興味がわけば参加できる気楽な街だ。

わたしはまずコメディー・フランセーズでモリエール(3)の喜劇を観に行った。事前に戯曲を読んで行った。期待通りの作品もあれば、がっかりさせられたのもある。登場人物がいささか類型的なのと過剰な演技には閉口させられた。『人間嫌い』『病は気から』『女房学校』『タルチュフ』『守銭奴』と観ていくうちに飽きてきたので他の劇場へ行った。

サンミッシェル通り近くのユシェット座ではウジェーヌ・イオネスコ(4)作の『禿の女歌手』『授業』を観た。物語も演出も変わっていて、作品の意図はわからなくとも面白く観られた。自分の置かれている現実の感じに近いと思ったのだろう。

次に国際大学都市のホールでジェローム・サヴァリー(5)演出の『グランドマジック・サーカスと悲しい動物たち』を観に行った。ジャングルに生きる動物たちの自然、残酷さ、童話の世界さながらのこの作品には度肝を抜かれた。

パリだから観られる作品だと思った。サーカスとも演劇ともミュージカルともいえないジャンルを超えた作品だが、強く観客に訴えかけるものがあった。ルソーの「自然に帰れ」というメッセージが聞こえるような気がした。アルゼンチン人の血を引く彼の世界はフランスのそれとも大きく異なる。その後彼の演出した『ペリコール』『キャバレー』などを観たが、これを超える作品はないと思った。

オデオン座は座長のジャン＝ルイ・バローが政府の文化政策をめぐり対立して閉鎖されていた。

Ⅱ

１９７８年の５月、このころわたしは外資系の出版社に勤務していた。普段は単行本の編集の仕事に携わっていた。ところが翌年が国際児童年にあたり、子どもたちに演劇を鑑賞してもらってはという話が工藤将人さんから持ち上がった。そして海外経験のあるわたしにお鉢が回ってきた。それも現行の仕事をやりながらという無茶な条件つきでである。もともとイベント好きなわたしはその話を承知した。

そして数カ月後に、海外からの招待劇団が決まった。デンマークのオディン劇場、ポーランドのラリック劇場、イギリスからはロンググリーン劇場、インドネシアの影絵ワヤン・クリット。われながらバリエーションのあるフェスティバルになると思った。

ところが肝心の日本の劇団が決まらなかった。

文楽、歌舞伎、能は言うに及ばず新劇、新派でもないとすれば何か。会場は代々木のオリンピック競技場である。あんな馬鹿でかい会場で演劇公演を、それも子どものための演劇公演をということになったのだが、なかなかいい案が浮かばなかった。

わたしはふとフランスで見たサヴァリの劇を思い出した。そして、どういうわけか観られなかった天井桟敷のイメージも同時に浮かんだ。そこで、会議にかけたらすんなり通った。

当然のようにわたしが連絡係になった。

早速、天井桟敷の事務所に電話した。事務所では田中未知[6]さんが対応してくれた。企画趣旨を話して電話を切った。15分ぐらい経過して電話があった。今度は寺山本人からであった。

寺山は演劇祭参加に興味があると言った。作品としてはジャック・プレヴェール[7]原作・寺山修司脚本の『こども狩り』があると言った。じつにタイミングがよく作品ができていたものである。

それから1年後の8月始めに国際児童演劇祭[8]は始まった。

事前に参加劇団のためにチャーター機が用意された。ロンドンで参加劇団が合流し成田空港までやってきたのである。飛行機1機分の荷物が到着ロビーに着いた。山のような荷物に飛行場の税関はおおわらわである。結局、整理がつかずにそのまま全員飛行場のホテルに滞在することになっていた。

8月1日には横浜の大通り公園で長洲一二神奈川県知事主催のオープニングイベントが予定されていた。はたして開始時間に間に合うかスタッフ全員やきもきして待っていた。

オディン劇場は成田空港からの交通渋滞もあって現地に遅れて到着した。セレモニーの開始も遅れた。この日寺山は海外に出かけていた。天井桟敷のメンバーは現地にいた。彼らはオディン劇場が到着しなければセレモニーに参加しないと駄々をこねていた。

わたしは成田から到着してそのことを聞き残念に思った。でもそんなことを考えている暇はなかった。オディンの役者たちはすぐに衣装を身につけ太鼓やトランペットをならし、暗くなった公園の林の中にヌックと登場した。あたりはすぐに異様な祝祭空間に変貌していた。

祝祭はいつでも制度による骨抜きの危機にさらされ成立する。

この日のフェスティバルも制度によって支えられた祭りでしかないかもしれない。でもわたしの目の前に展開された光景はそれ以上の何ものかであった。

この劇団はテクニック的にはダンス、それも各国の民族舞踊まで習得している。そして音楽は民俗音楽からクラシックまで演奏する。アクロバット、サーカスのジャグリング、クラウニング（バルーン配り）、乗馬などを自在にこなす。

オディン劇場はデンマークのホルステブロという田舎に共同生活しながら町の教育に携わっている。

代表のユージェニオ・バルバはイタリア生まれである。父親が軍人で早く亡くなっている。彼は軍事学校に行くのを拒否、18歳でノルウェーに船乗りになるために移民している。傍らオスロ大学に通ってフランス語、ノルウェー文学、宗教史を学んでいる。25歳の時にポーランドのワルシャワに行き国立演劇学校で演出論を学ぶ。1年後に当時有名になっていたイェジー・グロトフスキー[9]の活動に参加するためにオポールに移り住み、3年滞在している。その後インドへ行きカタカリを学ぶ。28歳のときオスロで演劇活動を始めようとしたが外国人なのでそれがかなわず、若い役者たちを集めてオディン劇場を立ち上げ、ノルウェー作家の作品を上演し成功する。それを観たデンマークのホルステブロ市の行政の責任者が同市に演劇実験室を作らないかと提案したのである。それから50年、バルバは同市を拠点にして活動している。

1972年天井桟敷はオディン劇場の招きでデンマークに赴き『邪宗門』と市外劇ワークショップを行なっている。

オディン劇場はテクニック的にはありとあらゆる技術を習得している。それでいて作品はギリシア悲劇からインドの古典、アフリカの民話まで幅広く選んでいる。宗教性も感じられるがグロトフスキーほど儀式化されていない。むしろフォークロアに近い。バルバが自分たちの演劇を文化人類学的演劇と呼んでいるのが頷ける。

こども達がすぐに反応した。彼らの動いてゆくところどこでも追いかけていった。すばやい動きや、太鼓、トランペット、チューバによる行進曲により、あたりが非日常的になったのを彼らが一番早く察知した。

こうして待ち焦がれた真夏の夜の祭典は、派手さはないが開始された。海外の劇団は1カ月あまり日本の各地に赴きこども達のためのパフォーマンスを行なった。

なかでも評判だったのは岸記念体育館で行なわれた天井桟敷による『こども狩り』だった。原作はジャック・プレヴェール、脚色は寺山修司。上演会場は体育館である。体育館の真ん中が舞台であって、観客は二手に分かれ向かいあって座る。会場に入ると真っ暗である。親子で入場したものはセパレートされる。

こども達は闇のなかを自分たち専用の席に案内される。座った彼らはあたりを見回す。何も見えないので不安が募る。周りのこども達が小さな声で、「ママ、ママ」と呼ぶ。遠くに離れて座っている母親たちには聞こえない。ブラックアウトの状態が続く。この状態はさほど長くはなかったのだが、こども達にとっては実際の時間よりずっと長く感じられたのであろう。

突然、「ママ、どこ」と大きな叫び声は辺りの静寂をかき消した。「ママここよ」と返すも闇のなかでは母親の姿は見えない。しばらくのあいだ、あちこちからこどもの声と母親の声が入り混じった会話が続いた。これも、シナリオに書かれていたのかと思われるほど演劇的なはじまりであった。やらせにしては、うまくいきすぎている。

クライマックスの後、少しずつリリカルな音楽が流れ出し、あたりが明るくなる。競技場の中央には小学生と思われる少女がシャボン玉をあげている。少女はからだの向きを変えて、またシャボン玉をあげる。照明がそれを照らす。

今生まれたばかりのシャボン玉はゆっくりと会場に上っている。大小さまざまなシャボン玉がたどる先はこども達のいる場所である。待っていたかのようにこども達は、それにすがるように手をのばす。シャボン玉は彼らの手の中で消える。

彼らは人生で初めて大切なものが消えやすいことを体験する。

寺山らしい詩的空間だ。そこにはことばは介在していない。

詩的空間は、あちこちからこども達が出てきて、わいわいがやがやしばしの喧騒がかき消された。ここにもせりふらしいものはない。たとえあったにしてもこども達の多動と騒がしさのなかで明快な表現とはなりえなかった。

やがて、巨大なバゲットが登場して会場内を練り歩く。

遊んでいたこども達はあろうことかその巨大なバゲットに襲いかかった。会場は、逃げ回るバゲットとそれを追いかけるこども達で騒然とした。

やがて、それを観ていた観客のこども達がじっとしていられなくなり、立ち上がり、パンめがけて襲いかかる。そしてあろうことかそのちぎったパンを母親に投げつけるのである。いっせいにフランスパンの切れ端の砲火を浴び母親たちはあちらこちらと逃げ惑っていた。

この作品を観たフランス大使館の文化参事官は、会場の出口で興奮してすばらしい作品であることを強調していた。じつはこの時のコスト氏の体験が後のパリ公演につながるとはそのときはだれも予想していなかった。

Ⅲ

１９７９年『こども狩り』公演の打ち合わせの時には天井桟敷側からは九條今日子[10]さんが出てきてくれた。九條さんは優れたプロデューサーなのですべて作業はスムーズに運んだ。その後のプロジェクトも彼女になるといいと思った。

わたしは演劇祭の担当以外に単行本の編集もしていた。寺山には演劇論を書いてほしいと思っていた。実際本の打ち合わせには寺山がでてきた。こちらの編集意図を伝えると、気持ちよく執筆を承諾してくれた。こちらは書下ろしを求めた。しかし彼は渋った。雑誌に発表した記事をベースに書下ろしも加えるという提案だった。

わたしは寺山から与えられた既発表の記事を構成して、その間に書下ろしを入れようと思っていた。しかし書き下ろしは実現しなかった。今になって思えば体調のせいかなとも思えるが、当時は彼の作家としての能力に疑問をもったのは確かだ。

それに比べてタイトルはあまりにもすばらしかった、『臓器交換序説』。

この謎めいたタイトルについて今日ではいろいろと評論家の想像力を書きたててくれるだろうが、当時はなんの隠喩だろうか計りかねた。てっきり彼の演劇がアントナン・アルトー[11]、グロトフスキー、カントールと続く現代演劇のオールタナティブな系譜に属するという意味かと思った。

今になってはもっと総合的な解釈が可能となろう。18歳のときにネフローゼを患い、腎臓の疾患が原因でいつ命に別状が起こるかわからない恐怖に耐えてきた寺山が、自己の実存を引き受け、演劇的・魔術的表現に転化することで、より高度の芸術的表現に到るという意思（あまりにもニーチェ的とはいえまいか）を表現したものだといえよう。

寺山は彼が活躍した当時の思想の流れにも関心があった。モース、バタイユ、デュヴィニョーなどの贈与論、デュメジル、レヴィ＝ストロース、フーコーなどの構造主義、山口昌男の道化論、バフチーンのカーニバル論とあげればきりがない。

寺山は「演劇は社会科学を挑発する」とまで言う。演劇になにかの肩代わりをさせようとしているとして、ベンヤミンなどのミメーシス論には批判的だ。ブレヒトの叙事的演劇も受け入れない。それよりは山口昌男の言うように、寺山は役者の肉体を「アブサードなもの、なにも意味しないことを通して、もっと結合力のあるもの」（『寺山修司演劇論集』国文社）に仕立て上げようとしたか。意味を持たない肉体を舞台に浮遊させようとしていた（それはホフマン、クライスト、ゴードン・クレイグのロマン主義・未来派の影響による）。

『臓器交換序説』は1982年に日本ブリタニカから出版された。装丁は寺山のたっての希望で戸田ツトム氏にお願いした。

この年、天井桟敷は渋谷のジャンジャンで『観客席』を上演した。会場に着くと九條さんが「ちょっと」というので楽屋へ行くと、寺山がいた。フランスから演劇関係者が来ているが、フランス語が通じないので対応して欲しいということだった。会ってみるとジャン・カルマン（第4章参照）であった。照明家でナンシー演劇祭の舞台監督をしていた。時々、リベラション紙で演劇評を担当している。彼は『観客席』が見たくて来たのである。この出会いも貴重である。彼は実力者であるので後にいろいろお世話になった。天井桟敷パリ公演のアドバイザー、佐渡の文弥人形座パリ公演の批評、パルコの『毛皮のマリー』の照明などである。この『観客席』公演ではじめに寺山自身が登場してきて、「僕はタモリみたいに寺山修司を演じることはできないけど、せいぜいうまく寺山修司を演じてみたい」と発言したのを思い出す。

寺山の演劇がよりシャーマニズムに接近していたという議論はのちほど行なうとして、ここで先ほどのフランス大使館文化参事官のコスト氏に話を戻すことにしよう。

Ⅳ

81年のある日、コスト氏からわたしのところに「天井桟敷」のパリ公演を実現したいという意向がきた。わたしはそれをすぐに天井桟敷側に伝えた。田中未知さんは「いままでもそんな話たくさんあったけど実現したためしがないわ」と乗り気でない。九條さんは「いまは確かにタイミングとしてはよくないわ。「覗き事件」（80年7月寺山が渋谷のアパートの一室をのぞいていたとして逮捕された事件、第13章参照）の後でスポンサー探しはむずかしいわね。でもなにごともチャレンジしてみなくては」と前向きであった。

外交官であるコスト氏は、「最初にスポンサーありきという発想だからうまくいかないのだ。その前にフランス側の了解をとりつけるほうが先である」と主張。

81年12月24日夜、つまりクリスマスイヴにコスト氏宅でプレゼンテーションを開くという提案があり「天井桟敷」側もそれを了承した。フランス側の出席者はパリシャイヨ宮国立劇場の総監督で演出家のアントワーヌ・ヴィテーズ氏と舞台照明家のジャン・カルマンである。日本側は寺山、九條さんである。通訳はわたしが務めた。パーティー形式ではなくあくまでビジネス・プレゼンテーションだった。あらかじめ編集されたヴィデオ・カセットを回しながら寺山が説明した。彼はあくまで『奴婢訓』を推していた。ヴィテーズ氏は1時間ほどの説明に注意深く聞き入っていた。

そして、彼は『奴婢訓』に興味を持った。

ヴィテーズ氏はこの『奴婢訓』がジョナサン・スウィフト(12)の原作を寺山が脚色した作品であることに注目した。フランスの観客を意識してのことであろう。スウィフトの作品がフランスで上演されることがめずらしいからである。

『奴婢訓』は、ある館に奴隷と主人が暮らしていて、奴隷たちは毎日館の中の家事一切をさせられ、家畜のように働くように訓練させられているという設定である。


主人はいつまでたっても現れない。そのうち奴隷たちは退屈しのぎに主人ごっこをし始める。あるものが主人の時には変わったことが起きてもいいのだが、なにも起きない。所詮主人になる器ではないのだ。ヘーゲルの「主と奴隷の弁証法」のような革命のユートピアは見られない。主人を本

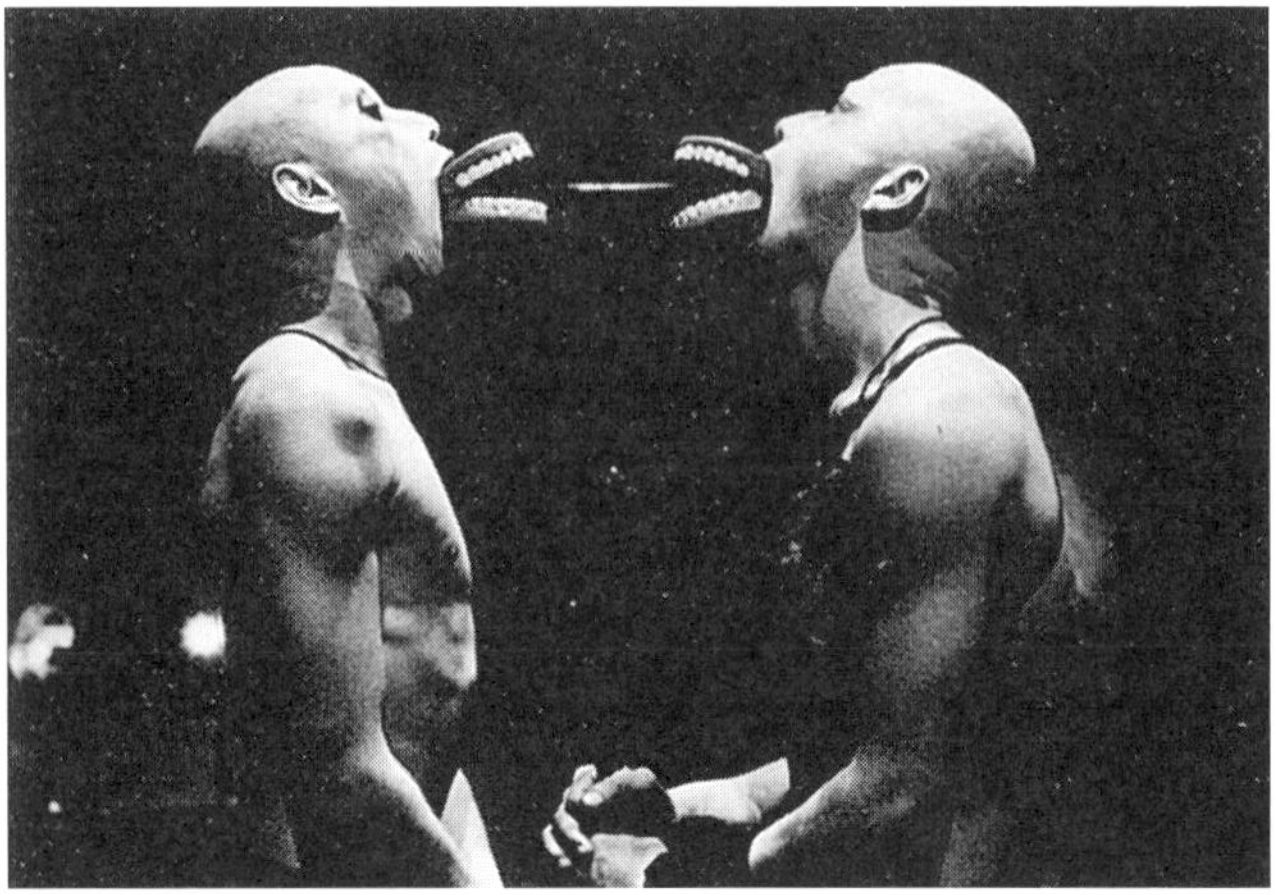

『奴婢訓』1978年、オランダ
（『寺山修司演劇論集』1983年、国文社より）

当にやっつけるやつは現れない。ごっこだけなのである。さながら『ゴドーを待ちながら[13]』のように神＝革命は訪れない。

寺山は当時の日本に彼の苛立ちをぶつけたのかもしれない。日本には社会的な関係性がない。だから啓蒙主義は成り立たない。今の若者だったらどう見るだろうか。音楽、美術、衣装、舞台設営、作者の演技が個性的なのでテーマパーク的に楽しめるのだろうか。今日的な楽しみ方があるのだろう。

この『奴婢訓』に色濃く見られるテーマは前衛性だ。今日では色褪せた概念になってしまった。絵画、アングラ、舞踏も前衛的とはいえない。当時はロシアやポーランドからアヴァンギャルド芸術論が入ってきてその影響下に実際の表現活動が行なわれてきた。

そんななかに舞踏では、土方巽、大野一雄。美術では、工藤哲巳、横尾忠則。音楽では武満徹、一柳慧、黛敏郎。アングラ演劇では唐十郎、鈴木忠志、寺山修司。ヌーベルバーグ映画では大島渚、勅使河原宏、吉田喜重がいた。

これらの人たちが、既成の芸術に叛旗を翻した。新しいことに挑戦し、活動の場を外に求めた。これは日本の文化的アカデミズムには思いもよらないことであった。日本の前衛は海外で受け入れられた。

その観点がヴィテーズ氏にもあった。

コスト氏はその場の空気を読んで『こども狩り』に固執しなかった。後で聞いたらとても残念がっていた。彼は『こども狩り』をフランスのこども達に見せたかったのである。

ともかくこの日にパリ公演のプロジェクトは実現へ向けて一歩前へ進んだことは確かだ。あとはスポンサー探しだ。

コスト氏は前々からある財団に話を内々にしていた。飛行機代がカバーされる協賛金の話はすぐに決定された。パリ公演の実現にはコスト氏の帰するところ大である。彼の情熱がなければ実現は不可能であった。

わたしも11年前のレ・アール市場の「天井桟敷」公演の状況を思えば少しはお役に立てたのではないかとうれしい気持ちがした。

年が変わって1983年2月、体の調子が優れないと聞いていたら急に寺山から会いたいという。

会ってみると大変元気そうだった。原稿を二冊分持ってきてこれを本にしたいというのだ。わたしは「急いでますか」と聞いた。「あまり待てない」という返事が返ってきた。付き合いのある出版社に電話をかけてみた。意外に反応がなかった。

そして、国文社からいい返事がきたので寺山にそれを伝えた。彼は非常に喜んでくれた。それでも、発刊されたのはその年の11月なので寺山が実際に本を見ることはなかった。

以上で寺山とのかかわりは終わる。

しかし、彼の死後11年して『毛皮のマリー』の公演の話がきた。まだ、縁が切れそうもないのである。そのことについては別の機会に譲ることにする。

注

(1) 天井桟敷　日本のアングラ劇団。寺山修司主宰。1960年後半から1980年代初めまで小劇場ブームを巻き起こした演劇グループ。市街劇、書簡劇と観客参加型の劇が特徴、海外公演で評判を得る。

(2) タデウシュ・カントール(1915—1990年)　ポーランドの画家、ハップニング・アーチスト、舞台演出家。その革新的な演劇はポーランドだけでなくヨーロッパで評価される。また、舞台美術家としてデザイン、彫刻、オブジェを制作。劇団「クリコ2」を主宰。1982年、『死の教室』で来日公演している。

(3) モリエール(1622—1673年)　フランスの俳優・劇作家。コルネイユ、ラシーヌとともに古典主義の三大作家の1人。1643年「盛名座」を結成、1660年パレ・ロワイヤルに拠点を変え、『人間嫌い』『女学者』『守銭奴』などの公演が成功。フランスの古典喜劇を完成させた。

(4) ウジェーヌ・イオネスコ（1909—1994年） フランスを拠点に活躍したルーマニアの劇作家。サミュエル・ベケットやアルチュール・アダモフらとともに第二次大戦後の不条理演劇を代表する作家のひとり。1950年代初めに『禿の女歌手』『授業』『椅子』などを発表。1970年アカデミー・フランセーズ会員となる。

(5) ジェローム・サヴァリー（1942—2013年） アルゼンチン生まれのフランスで活躍した劇場監督、演出家、俳優。オペラ、オペレッタ、ミュージカルコメディーを統合しフランスの音楽劇を大衆化することに寄与。『メリー・ウィドウ』『月世界旅行』『リゴレット』などの作品がある。レジオンドヌール勲章受章。

(6) 田中未知（1945年生まれ） 日本の作曲家、楽器作家、映画監督、著作家。寺山修司の芸術活動を支えた一人。寺山修司作詞の『時には母のない子のように』を作曲し有名になる。映画音楽の作曲も多数手がけた。1988年以来オランダを拠点に活動。『質問』『空の歩き方』『寺山修司と生きて』などの著作がある。

(7) ジャック・プレヴェール（1900—1977年） フランスの民衆詩人。映画作家。児童作家。シャンソンの「枯れ葉」の詩、映画『天井桟敷の人々』『ノートルダムのせむし男』のシナリオを手掛ける。1948年に詩集『パロール』を出版。

(8) 国際児童演劇祭　1979年の国連の国際児童年を記念して日本国内で開催された児童演劇祭。東京、横浜、名古屋、大阪、博多、金沢、仙台、札幌で開かれた。参加劇団、オディン劇場（デンマーク）、天井桟敷（日本）、ワヤン・クリット（インドネシア）、ラリック劇場（ポーランド）、ロンググリーン劇場（イギリス）。

(9) イェジー・グロトフスキー（1933—1999年） ポーランドの演出家。「プーア・シアター」を提唱。簡素でシンプルな舞台空間と厳密なメソッドによる肉体訓練の演劇を行なう。ピーター・ブルック、寺山修司らに影響を与えた。著書に『持たざる演劇を目指して』がある。

(10) 九條今日子（1935—2014年）日本の女優、演劇&映画プロデューサー。松竹歌劇団のダンサーとしてデビュー。その後松竹映画に移り、『黄色いさくらんぼ』に出演。1963年寺山修司と結婚。「演劇実験室・天井桟敷」で制作を担当。寺山の死後、三沢市寺山修司記念館名誉館長となる。

(11) アントナン・アルトー（1896—1948年）フランスの俳優、詩人、小説家、劇作家。幼少期に髄膜炎を患う。1920年から俳優活動、詩作をはじめる。身体演劇の「残酷の演劇」を提唱。映画『ナポレオン』に出演。1936年統合失調症発病、サンタンヌ病院に収容。1948年退院。『ヴァン・ゴッホ——社会による自殺者』でサント＝ブーヴ賞受賞。その演劇論はその後多くの人々に影響を与えた。

(12) ジョナサン・スウィフト（1667—1745年）イングランド系アイルランド人。ダブリン生まれ。風刺作家、随筆家、詩人、司祭。ロンドンで政治家になるが敵が多く、ダブリンに戻る。その社会風刺的な視点が著作に向かう。作品としては『ガリヴァー旅行記』『ステラへの消息』『桶物語』などがある。

(13) 『ゴドーを待ちながら』サミュエル・ベケットの戯曲。1952年にフランス語で書かれ、翌年、上演された。夕暮れの田舎道で2人組のホームレスが、一本の木の下でゴドーが来るのを待っている。そこへ、ポッツォと召使のラッキーがやってくる……公演は大成功。初演は100回上演される。不条理演劇の代表作とされる。

第2章 『毛皮のマリー』公演記

I

1993年の春、セゾン文化財団のY部長に会った。「寺山がなくなって10年目にあたるので何かやりたいですね」という話だった。私は「どうせやるなら変わったことをやりたいですね」と言った。

Yさんは「そうこなくては」と乗ってきた。私は背景のある人の話なので重く受け止めた。

彼にはこれまで「オランダ映画祭」（スタジオ200）「東京国際演劇祭'88池袋」(1)「東京国際演劇祭'90」(2)を手掛けさせてもらった。わたしは海外の劇団の招聘を担当した。そうした経過の上で今回の話があるのだと思った。

Y氏といろいろ話してるうちに寺山の外国びいきに話題がいった。いっそのこと裏方は外国勢でやってみてはということになった。話を持っていく先はパルコ劇場である。

早速、パルコ劇場の山田潤一部長さんに紹介された。企画の概要について説明すると山田さんは大変興味を持ってくれた。かねがね寺山作品の上演については話題にのぼっていたが実現しなかったという。いい演出家がみつからなかったからである。

主役は美輪明宏がやるにしても、彼が納得する演出家がいない。

いっそのこと美輪さんに演出を頼めばいいのだが、それはパルコ側の制作意図とは違った。

それよりスタッフの話が先になった。

まずは、衣装：ワダ・エミ（第5章参照）。映画『乱』（黒澤明監督）で1986年にアカデミー賞最優秀衣装デザイン賞を受賞した。93年にオペラ『エディプス王』（サイトウ・キネン・オーケストラ、小澤征爾指揮）でエミー賞受賞。その後、映画、オペラ、演劇の世界で世界的に活躍。私とは81年にダンス劇『闘牛鏡』（上智大学講堂）でご一緒している。

照明：ジャン・カルマン（第4章参照）。彼とは80年に渋谷のジャンジャンで、81年に天井桟敷のパリ公演の打ち合わせの時に会ってからのお付き合いである。ピーター・ブルックの『マハーバーラタ』、『テンペスト』、『桜の園』の照明で世界的に知られ、その後、国立アムステルダムオペラハウス、英国国立オペラ、王立ナショナル・シアターで照明を担当。91年に英国最優秀照明賞「ローレンスオリビエ賞」を受賞している。

演出：ハンス・ペーター・クロース。彼とはジャン・カルマンの紹介で会っている。ニューヨーク、ベルリン、パリをまたにかけて前衛的な映画、演劇、オペラを手掛けるマルチな芸術家である。ライナー・ヴェルナー・ファスビンダー、フォルカー・シュールンドルフ、アレクサンダー・クレーゲらと一緒に映画『秋のドイツ』を監督した。その後はパリを拠点に演劇、オペラ公演の演出で話題となった。また、画家のボルタンスキーとシューベルトの『冬の旅』の劇化を試みた。

美術：ジャン・ハース。彼はストラスブルク装飾美術学校卒業後80年からパリに拠点を移し、演劇、オペラ、ダンス、映画の美術を手掛けている。ハンス＝ペーター・クロースの作品の多くは彼が美術担当をしている。

音楽：ペーター・ルートヴィッヒ。ドイツを拠点にしてニューエイジの音楽を作曲している。演劇、映画、オペラの作曲を手掛けている。82年新希望賞、88年シュヴァインビンク芸術賞、90年ミュンヘン市の音楽賞を受賞している。「演劇における音楽とは、沈黙を生み出さねばいけない」と主張している。

Ⅱ

かなり大がかりなプロジェクトになりそうだと伝えると、山田さんからは「それでいい。中途半端でなく思い切ったことをやってください」と依頼された。

早速、パリのジャン・カルマンに連絡した。私はフランス側のスタッフのためにあらかじめ『毛皮のマリー』のフランス語訳をしておいたので、そのコピーを送った。

すぐに快諾の返事をもらった。そのことを山田さんに知らせた。

すると山田さんは、次は主演の美輪明宏の出演交渉だという。こちらは美輪さんの承諾があっての話だと思っていたが、そうではなかった。

美輪さんは『毛皮のマリー』には特別の思い入れがあった。寺山は美輪さんのために作品を書いたという経緯があったそうである。そうだとしたらやっかいである。見ず知らずの演出家が手掛ける作品に美輪さんが出演するわけがないからだ。

私は美輪さんとの話し合いの機会を設けてもらった。場所はTBSの旧館地下のイタリアレストランだった。午後4時ということもあって店内に客はほとんどいなかった。

山田部長は美輪さんを紹介してくれた。といっても以前にお会いしている。

美輪さんのパリ音楽公演の時である。ジャン・カルマンとボビニ劇場の支配人を紹介した。その時はパルコパートワンの1Fの喫茶店である。私が通訳をした。そしてパリ公演は実現した。大成功だったようである。私は美輪さんとはその時以来、道ですれ違った程度でお会いしていない。それが、このような機会にお会いするとは思ってもいなかった。今度は、責任ある立場である。

それでも、わたしはリラックスしており、楽観的に構えていた。

私ははじめに、わたしがニコラ・バタイユ（第8章参照）の演劇講座に参加していた話をした。寺山も美輪さんもニコラ・バタイユは大変よく知っていたからである。そこでアルトナン・アルトーの『ヴァン・ゴッホ』を企画・出演したことを伝えた（この点については後述する）。美輪さんは黙って私の話を聞いていた。

そして、今回の話を切り出した。寺山の晩年を思うと、もっと日本で評価されてよい。そのためには外からの目を導入したい。美輪さんはただ一言、「失敗したくない」と言っただけで承諾してくれた。

その言葉を聞いてほっとしたのは確かだが、責任は大きいと感じた。しかし、不安はなかった。


そして、1カ月後に渡仏した。フランス側のスタッフに会うためである。パリではジャン・カルマン、ハンス＝ペーター・クロース[3]、ジャン・ハース[4]が迎えてくれた。ハンス＝ペーターの家のリヴィングには簡単な舞台模型が置かれていた。その模型を前にしてハンスが『毛皮のマリー』の演出案を話してくれた。

彼は1971年にパリで天井桟敷の演ずる『毛皮のマリー』を観ていた。そのうえで、今回の公演では演出のコンセプトを変えてみたいと言った。

まず、場所の設定であるが、映画『ブレードランナー』[5]のように、未来都市をイメージしている。環境汚染で酸性雨にさらされた近未来の都市という設定にしたいという。マリーと欣也は不思議な屋敷に一緒に住んでいる。その屋敷はマリーによって代表される退廃した旧世界を代表している。美少年の欣也はそうした旧世界を脱出したいと思っている。そこに、美少女の紋白が現れ欣也を外に連れ出そうとする。ハンス＝ペーターはそのときにフロイト的解釈を用いる。マリーは母親ではなく父性を象徴しており、欣也にとっては倒すべき権力の象徴なので、エディプス・コンプレックス論を適応すると、ストーリーに現実性が出てくる、というのである。

しかし、この紋白のたくらみはマリーに見抜かれてしまう。巧みなマリーの操作により、欣也はマリーではなく彼を救い出そうとした紋白を殺めてしまう。このねじれた現実世界をリドリー・スコットのように単純化せずに、ねじれた現実として示したい、というのである。

確かにこの解釈は面白い。社会性もあるし、抑圧された日本人の無意識が一定照射され、合理的な光が当たるのは面白い。しかし、その解釈を推し進めるとマリーは中心的な存在にはなりえない。

それを、美輪さんは了承するか、大きなリスクがあるとわたしは言った。

照明のジャンは「それは観客が判断するだろう。最終的にこの作品のよし悪しを決めるのは観客である。それに、原作に新たなセリフを加えなければ、いままでと変わらない。どう解釈するかで異なるだけだ。それに、美輪さんの存在感は不動と言っていい」と言った。

私はこの作品は面白くなると確信した。ベルリンの壁崩壊、第一次湾岸戦争、ボスニア＝ヘルツェゴビナ紛争、ルワンダ内戦と90年代初頭の混沌とした世界情勢を反映している。そうかといって日本国内はこれまでのバブル経済が破綻し失速した状態から抜け出られず、自分たちの生活が自分の手から少しずつ離れているのを感じているのも表現される。

これなら成功するかもと思い決心した。「この線でいきましょう」と私は答えた。

『毛皮のマリー』1967 年 9 月、アートシアター新宿文化
(『寺山修司の戯曲 1』1983 年、思潮社より)

早速、日本に帰ってから衣装担当のワダ・エミさんに会った。ワダさんはハンス＝ペーターのエディプス・コンプレックス論は独自性があって面白いが、近未来設定にはあまり乗らないほうがいい、といった。オリジナリティーが欠けて内容がチープになる危険があるからだ。

あくまで独自性を打ち出していくべきとした。ジャン・カルマンにメールでそのことを伝えた。ジャンは『ブレードランナー』を意識しているわけではないと主張したが、ワダ・エミさんの提案に同意した。

しかしこの問題は後まで尾を引いた。それについては後に触れる。

私は山田部長さんにはハンス＝ペーターの演出プランについて詳しく説明した。それは、美術、照明、衣装、音響効果にまでかかわってくるし製作費に影響を及ぼすからだ。山田部長は大変興味をもってくれた。彼は予算の話は一言も触れなかった。この彼の同意がなければこの作品の上演はままならなかったと思っている。とりあえず、ハンス＝ペーターの演出プランが認められ、フランスサイドの作業が先行して進んだ。

最初に取り掛かったのが美術である、ジャン・ハースのアイデアは斬新で、まず鉄のキューブが何らかの外圧で壊れた形状が視覚に飛び込んでくる。次に、鉄の橋が架かっている。後は舞台上手側はプールのように水浸しである。ところどころ錆びている。送られてきた美術プランを観たワダ・エミさんの顔がさえない。ニューヨークの舞台美術家のジョージ・シーピンの作品が頭をよぎったからである。そういわれてもこちらもそれを直接見たわけではないので、そのまま先方に伝えるわけにはいかない。

そうこうしているうちに、舞台監督のSさんが、送られてきた図面の寸法が合わないという。早速、Sさんのアトリエに出かけた。Sさんは実寸大の美術の一部をすでに作っていた。それをみるとキューブの底に当たる部分が簀の子状になっていて、空気が通る。それはいいのだが、その隙間が大きすぎて足が掬われてしまう。それは寸法が大きすぎるからそうなるのである。すぐにパリにいるジャン・ハースに電話で確認した。ジャンは隙間を小さくして足が掬われないようにすることに同意した。その時ジョージ・シーピンの件を尋ねてみた。ジャン・ハースはコピーについてははっきり否定し、その根拠を尋ねてきた。その件についてはもう触れないことにした。

音楽の出来は素晴らしかった。なかにはイヴ・モンタンの歌う「毛皮のマリー」がレトロな雰囲気をかもしていた。これでしばらくはリドリー・スコット調とはおさらばできる、と思うと安堵した。

そうこうしているうちに、制作上のスケジュールが迫ってきた。

美輪さん以外のキャストのいしだ壱成、麿赤児、池田有希子は私が推薦した。それ以外のキャストはパルコ側が選出した。壱成はドラマでヒットをいくつも出していたし、麿さんは名実ともにButoh界の第一人者だった。池田はアトリエダンカンの社長の娘で小さい時から芝居、歌、ダンスとやっていて、英語はペラペラ、学習院大卒でそつがない。壱成を誘惑する役柄にぴったりだった。

Ⅲ

キャストが決まり、公演日は1994年10月4日から3週間となった。

そこで次の決定事項は、制作発表のタイミングとチケット販売日の決定である。そのタイミングをどこにするかでチケットの販売に大きく影響する。

ひとつは夏休み前に制作発表をやり、7月はじめにチケット販売を開始する。このタイミングの問題は公演日が離れすぎはしないか、ということだ。せっかく制作発表で話題が盛り上がっても公演日が遠いと話題性がもつかという問題がある。

もうひとつの可能性は夏休み以降、つまり9月頭に制作発表して、9月10日ごろチケット発売を開始する。この場合の問題は公演日まで1カ月もないことである。

検討の余地もなく前者に決まった。

媒体は特別選ばず、オープンにしておく。そのほうが多面的に話題が広がる、というわたしの意見に山田部長は同意してくれた。

制作発表はダイアモンドクラブで行なった。当日なにも起こらないことを願った。いざ事件が起こるとそちらに記者は行ってしまうからである。

そしてなにも起こらず、発表当日には、各媒体の人たちがたくさん集まった。

翌朝のワイドニュースには民放の各局で記者会見の様子が出た。確かな手ごたえを感じることができた。この瞬間が大事であると感じた。どんな良質な作品を作ってもお客さんが来なければ失敗だからである。

そして、数日後にチケットが発売された。

チケットは順調に売れゆきを伸ばし、およそ10日ほどで完売となった。

これで製作的には第一段階をクリアした。

ただ問題は、夏以降にお客がチケットを手に入れることができず、苦情が殺到する可能性があることだ。それに対処するには追加公演しかない。そして、追加公演のチケット販売を決定した。

次に肝心の舞台制作と稽古の話をする。

本番1カ月前には稽古も始まり、フランスからスタッフが来日し稽古場に訪れ、それぞれの仕事にかかる。演出のハンス＝ペーターは演出助手をフランスから連れてきている。日本側も演出助手をつけることにした。2人の演出助手と通訳がハンス＝ペーターのサポートに当たる。

稽古の初日は皆緊張していた。なにせ、主演の美輪さん以外は初めてなのだから。

最初の本読みだから、お手柔らかにいくかと思いきや、美輪さんは本番さながらに真剣に本読みを始めた。一瞬、緊張が稽古場全体に走った。ところが、それに真っ向から挑んでいったのが初演のいしだ壱成だった。彼も、全身で本読みに挑んでいった。後は、ほかのキャストもその勢いに乗ってフル疾走した。終わってみると本番さながらの稽古に盛り上がった。

さすがに、美輪さんは壱成の度胸に満足していた。この調子でいけば本番も見えてくる。

そうした雰囲気は、他のキャストにも波及した。

照明のジャン・カルマンはわたしにどんな照明をして欲しいかと聞いてきた。ひるまずわたしは答えた。

左右真横からは巨大なスポットライト2本を中央に向けて照らす。これは、ジャンがアヴィニョンでピーター・ブルック(6)の『マハーバーラタ』の時に行なった照明だ。そして上からはシャワーのようにほわっとした照明で照らす。2つの異なる照明で舞台空間にコントラストがつく。後者は、彼がパリ郊外のバンセンヌの森の元弾薬庫跡地でやったフィリップ・アドリアン(7)演出の『カフカの夢』で作った照明だ。このふたつが欲しいと言った。たぶんわたしの意図は伝わったと思う。彼はそれを聞くと「ＯＫ」といっていなくなった。

大道具は役者が演技をする上で支障のないように作られた。後は、舞台上にプールを作る作業が残っている。それは上演間際ぎりぎりになってからである。

小道具も整えられた。

衣装は美輪さんの演じるマリーの3着が作られた。それぞれ「千の涙のドレス」、「夜空の星」、「三日目の血の糸のドレス」である。色は黒、紺、赤、それにビーズが施されている。奔放なマリーの性格に気品が漂うように工夫されている。


稽古が進みすべてが順調かと思いきや、いしだ壱成が悩みを抱えているという。寺山の戯曲では息子と設定された欣也は母マリーに反抗して一度は家出をすることを決心するが、強烈な母のオーラに呼び戻されてしまう。

ところが、演出のハンス＝ペーターはそれでは面白くないという。もともと、この作品をフロイトのエディプス・コンプレックスで解釈しようとする彼にとっては、母と子もしくは父と子の関係は権力関係以外の何物でもない。マリーが男であろうと女であろうと、権力関係であることにはかわりない。見せかけに惑わされてはならない。

ただそれが若い壱成には理解できないのだ。どうしても母・父の権力に反抗するリアリティーがわかない。もちろん、演技している美輪さんの演技上の存在感に圧倒されてしまうのもわかる。だから、最初から、欣也を息子として考えず居候のように飄々と家の中でチョウチョ集めをして遊んでいればいい、とは演出家の弁。

ハンス＝ペーターはチョウチョの中に、女性のショーツを付け加えている。欣也はそのショーツをあちこちにまき散らしている。一見するとただの変態にしか見えないが、ハンス＝ペーター演出によれば、その行動が彼の唯一のリビドー的行為なのである。その行為が圧倒的な支配力を持った毛皮のマリーの支配する館から脱出する可能性を示すといえるからだ。

作者寺山修司は母性の力の大きさを強調して毛皮のマリーを象徴的に描いているが、そこから脱出する道は示していない。テキスト・クリティーク上は一旦は母に反抗しようとしてはみたものの、最後は母の下に戻ってしまう。そう解釈されてきた。

ハンス＝ペーターはそこを突く。この作品に自由のテーマがあるとしたら、欣也の反抗にある。それを示さなければこの作品は凡庸なものになる。

この議論はなんどもされたが、なかなかその意図通り「演じられる」ことはなかった。壱成は何度も何度も不自然でない形で反抗を試みた。しかし、見る側からしたら従順な少年にしか映らない。それはそれで異様さが目立ち舞台としての魅力になっていることは確かだ。

しかし、演出家は首を縦に振らない。

ところが、奇跡が起きたのである。欣也がマリーの館に返ってくると、マリーが「ほうら、帰ってきた」と勝ち誇ったように言う。お土産をあげ、カツラをかぶらせ、口紅をつけてあげる。すると少年は見事に美少女に変身する。そのとき、欣也は泣く、台詞通りだ。壱成はそしてプールのほうに寄って行き飛び石になったところに乗る。そこで一人泣くのだが、ひきつるような表情に反抗する欣也の意志が見えた。ハンス＝ペーターはその一瞬を逃さずにやりと笑った。彼はわたしに「これでこの作品は大丈夫」と言い残して稽古場から去っていった。

これで本番まで何もないことを祈るだけといけばいいのだが、今度は美輪さんがご立腹だというので舞台に行ってみた。美輪さんは本番の衣装を着たまま大きな声を上げていた。「こんなに照明が暗すぎちゃ役者の顔が見えないじゃない、もっと明るくしなさいよ。このままじゃみっともないわよ」妥協の余地なしである。一方、ジャン・カルマンも一歩も引かない。そもそも、この騒動、マネージャーの国井さんが美輪さんに告げ口したらしいのだ。普段の美輪さんの芝居は歌舞伎のように地明かりに近い照明が多かった。それが、今回は照明の強弱が極端につけられている。国井さんはそのことを美輪さんに伝えた。

わたしはまず美輪さんに「ジャンに美輪さんの意向を伝えます」といった。決して明るくするとはいわなかった。ジャンには「どこかのシーンに特別明るいところを作ってやってくれないか」とたのんだ。

そして「もちろん君の照明は気に入っているよ」と付け加えた。

この問題はこれで解決した。たぶん美輪さんが妥協してくれたのだと思う。この作品が成功するためには美輪さんの力が圧倒的に必要だった。これは強調してもし過ぎることはない。稽古の初めから稽古場にただよう安心感、これは美輪さんへの信頼が満ち溢れていた。それで安心しすぎないようにそれを突き放す彼の気遣い。

圧倒的な演技力で各シーンにリアリティーが生まれる。これが虚構とは信じられないので見るものはそのシーンにのめり込んでしまう。一種のファンタジーなのだが圧倒的なリアリティーがある。でも、それだけでは面白くない。今回のようにハンス＝ペーターが欣也の反抗を強調した演出をすることで、舞台全体に緊張感が漂う。美輪さんはそういうことも許容してくれるのだ。でも、不満があれば、それを言う。

美輪さんはそういう解釈があってもいいと思っているだろう。

しかし、なんといってもこの『毛皮のマリー』の圧巻は終わり間際のマリーの身の上話である。「世界は何でできているか考えたことがある？　マドロスさん。表面は大抵、みんなウソでできているのよ……。牛肉の缶詰のレッテルだけの話じゃない、人生っていうのはみんなそう！　表面はウソ、だけど中はホント。中はホント、と思うには、表がウソだと言わなきゃならない。ね、そうでしょ？　魂が遠洋航海するためには、からだのほうはいつも空騒ぎ！　いつでも二つの追っかけっこでジャンケンで負けたほうがウソになってホントを追っかける。歴史はみんなウソ、あした来る鬼だけが、ホント！」

私は、稽古中何度もこのくだりのセリフを聞いて、胸が熱くなる思いがした。それほどこのシーンは真にせまってくる。作者の寺山修司の思いと美輪さんの思いが重なって迫ってくるのだ。

この公演のおかげで私は自分が美輪さんのファンだとわかった。でも、立ち位置はあくまでも欣也の位置である。


そして、いよいよ初日を迎えた。切符はとっくに完売であるが、当日座布団席を作ったがこれもすべての整理券が打ち止めになった。

それでも後からたくさんの人がやってきた。丁重にお帰り願った。申し訳なく思った。パルコ劇場は劇場としては小さく400席ちょっとしかない。ロビーも狭い。そこに人があふれた。

でも、私はこの劇場が好きだった。一番上の席に座ってもセリフが聞こえてくる。役者の息遣いまでこちらに伝わってくる。

そして当日、私はこの一番上の席に座ってこの作品を見た。

美輪さんの演技は秀逸だった。ワダ・エミさんの衣装が気品を高めてくれている。

壱成も反抗する少年の役をうまくこなしており、最後はしたたかさすら見えた。

ジャン・カルマンの照明も舞台の流れをうまくリードしていた。

麿赤児（第12章参照）のコケティシュな演技が観客の笑いを誘った。

ともかくみんな芝居を楽しんでくれているのがなによりだった。

終わってロビーでセゾン文化財団の文化部長のNさんと会った。

満足げに「ジャン・カルマンの照明よかったよ」と言ってくれた。私は「ありがとうございます」と答え、会釈して別れた。

注

（1）東京国際演劇祭'88池袋　1988年に池袋を中心に開かれた演劇祭。町おこし、演劇の社会化・国際化をめざす。外国からは、「コメディアンツ」（スペイン）、「イ・コロンバイオーニ」（イタリア）、「ソーパナム」（インド）、「チャンム・ダンス・カンパニー」（韓国）。日本からは「ランプティ・パンプティ」、「南河内漫才一座」など多数。

（2）東京国際演劇祭'90　1990年に池袋に完成した東京芸術劇場を中心に行なわれた演劇祭。この演劇祭では古典・テキストの読み直しが試みられた（山口昌男企画委員長）。外国からは「演戯団クリペ」（韓国）、「トリアンゲル人形劇場」（オランダ）、「アショク・チャテルジー」（インド）、「国立カーン・コレグラフィーセンター」（フランス）。日本からは「ショーマ」、「新感線」、「MODE」など多数。

（3）ハンス＝ペーター・クロース（1949年生まれ）ドイツの演出家、映画監督。70年代を代表するグループ「ローテ・リュベ」を創立。『テロル』『パラノイア』を演出。1979年よりパリに拠点を移す。ブーフドノール劇場で『肝っ玉おっかあ』を演出、批評賞受賞。主にドイツの劇作家の作品を手掛ける。1994年にパルコ劇場で『毛皮のマリー』を演出。

（4）ジャン・ハース　フランスの舞台美術家。ストラスブール装飾美術学校で彫刻を学ぶ。1975年より演劇、オペラ、ダンス、映画、ミュージカルの美術を担当。1994年にパルコ劇場で『毛皮のマリー』の舞台美術を担当。

（5）『ブレードランナー』 1982年公開のSF映画。フィリップ・K・ディック原作。リドリー・スコット監督。暗く退廃的な作風に観客の反応はいまひとつ鈍い。日本では作中の風景に日本語が多く用いられ、評判になる。今日ではSF映画100で第2位にランクインされている。

（6）ピーター・ブルック（1925年生まれ） イギリスの演出家。映画監督。1945年ロイヤル・シェイクスピア・カンパニーの最年少招待演出家。映画『三文オペラ』『雨の忍びあい』を手掛ける。1971年「国際演劇研究センター」をパリに設立。『マハーバーラタ』『オイディプス』を演出。著書に『なにもない空間』がある。

（7）フィリップ・アドリアン（1939年フランスのサヴィニィ生まれ） フランスの演出家、俳優、劇作家。1970年代から演出活動を始める。ジョルジュ・バタイユやペーター・ハントケなどの作品を演出。モリエールの『ドン・ジュアン』を手掛ける。1981年には「イヴリィ街劇場」の代表になる。『プルソニアック氏』『ミッション』を演出。1983年にはコメディ・フランセーズに招待されている。90年代には、シェークスピア、クローデル、ベケット、ブレヒト、ゴンブロビッチらの作品を演出。2001年盲目の俳優たちと『病は気から』を上演。モリエール賞受賞（'97年）。

第3章　改宗《コンバージョン》としての愛《アムール》——美輪明宏の世界

I

『毛皮のマリー』の公演が終わって、これで美輪さんとのお付き合いもしばらくはないなあと思い少し安堵していたら、年が変わって美輪さんがパリとニューヨークに行くので一緒に来ないかと誘ってくれた。

パリではウイリアム・フォーサイスの公演、ニューヨークではミュージカルの『サンセット・ブルバール』『美女と野獣』が評判と聞いて、早速、観に行こうというのだ。わたしも観劇は大好きなのですぐに承知した。それを聞いたまわりの人たちは「大丈夫？」と心配してくれた。どういう意味でなのかは定かではないが、わたしは「取って食われるわけではないから」とかえってなだめ返した。わたしはあまり神経質に考えないずぼらな性格で、郷に入っては郷に従えの主義であるので、あまり考えない。ポイントだけは押さえておけばいいと思っていた。

実際、旅が終わって成田でお別れするときも美輪さんは「楽しかったわ、ありがとう」と言ってくれた。お世辞を言う人ではないので、いまでもそうだと信じている。美輪さんは不満があれば、そのときにそれを表明する。そして、あとをひかない。心底男気のある人なのだ。

しかし、旅先で出会う日本からの観光客の一行に出会った際にどこででも愛嬌を絶やさない美輪さんには頭が下がった。プロはこうあらねばならないのだ。これは半端な男にはプライドが邪魔してできないだろう。美輪さんは腰の低い良い人であるのがわかった。

これは、ある意味で寺山にも相通じるところがある。2人とも壁を作らない良い人だ。異論のある人もあるだろうが、これに関しては自説を曲げない。

食事に関してニューヨークでは一貫して和食を通したのは正解だったと思う。ニューヨークのフレンチレストランはお世辞にも美味しいと言えないからだ。

一方パリでは、ある日美輪さんが「フランス料理」が食べたいと言い出した。これには正直困惑した。ホテルはいつも泊まっているホテル日航ではなくモンタランベールホテルを予約した。ホテル日航であれば毎日3回とも日本食を注文していたはずである。モンタランベールホテルはわたしのパリの友人の建築家クリスチャン・リエーグルが内装を手掛けたものである。当時は斬新なデザインが評判であった。美輪さんはリエーグルデザインの部屋のなかにいて霊感を得、どこかでフレンチに目覚めたのであろうか。

早速、午後5時にモンパルナス大通りのクーポールに席を予約した。1930年代の古き良き時代の面影を残す有名なレストランである。内装はアールヌーボー、アールデコ調である。ただ、このレストランは天井が高くホールのように大きいので、外国人にはちょっと入りにくい。中に入って人々の視線が自分に注がれてきたとき怯んでしまうからである。

わたしはそれがかえって美輪さんには好都合だと思った。この緊張感が浮世離れしていいと思った。5時に着くとさすがに客はまばらだった。ギャルソンにはプラトーを注文した。こちらが2人前と言うと、ギャルソンは即座に一人前にしとけと修正した。確信をもって言われたのでこちらもそれに素直に従った。しばらくして料理がついてみると納得した。プラトーとは盆のことであるが、それが二段重ねになった生の海産物の山がやってきたからだ。これは2人でも平らげられるかと思われるほどの量である。それにカットレモン、小フォーク、カニフォーク、手洗い用のレモンウオーターと出てきたので、4人掛けのテーブルがいっぱいになった。

あとは食べるだけ、2人とも会話はなしで生ガキ大、中、小、カニ、ハマグリ、手長エビと無我夢中で食べた。1時間余りですべて平らげた。そして、ギャルソンがやってきてどうだったと聞くので、「新鮮で美味しかったので全部平らげた」と返事した。そしたらすかさずメニューをもってきて、「他にご注文は?」と聞くので、美輪さんは「いいわね、何があるの?」と返した。私は「ここのサーロインステーキはとても美味しいんです」と勧めると「じゃあ、それにしましょう」

と二つ返事。ギャルソンはニコリとして満足気であった。料理がくると美輪さんはそれもペロリと平らげた。

1週間余りのパリ滞在でグルメらしきものを食したのはこれだけであった。あとはシンプルだし、量も少なめだった。ニューヨーク、パリと旅して食に関してはこのクーポールが一番気に入っていたと思う。

Ⅱ

ここで少し変わったというか、専門的なお話をしよう。今回の旅は普通の観光旅行なのだけど、美輪さんの仕事柄、街のなかを歩いているとその関心で物を見ているのである。そのときの美輪さんはどっちと聞かれれば女性、いや女優である。女優の視線で歩いているのである。

今回の旅行の目的はショッピングでもある。それも舞台に必要な小道具を見つけることだ。100%女優である美輪さんの身に着けるものといえば衣装、アクセサリー、カツラである。美輪さんが舞台の上で身に着けるものを海外に求めるのには理由がある。もちろん、アクセサリーやカツラは日本でも見つかる。でも、日本のはどうしても説明的になってしまうのだ。舞台作品の創造性という観点からすると、ありきたりで平凡すぎることが多い。夢がない。日常性から離れられない。

ニューヨークでは主に5番街、マディソンアヴェニューを歩いて回ってみた。すると、どんな高級なジュエリーショップでも本物でないイミテーションを売っているのに驚かされた。イミテーションといっても人造ダイヤモンドや人造サファイアは数十万円する。見てくれは本物と変わりない。美輪さんは『椿姫』や『毛皮のマリー』を演じるためにこれらのものを用意している。結果としては今回気に入ったネックレスや指輪が見つからなかったので何も買わなかった。パリでもそうだった。

一方、カツラはパリでもニューヨークでも2台ずつ購入した。なぜかというと、海外のカツラはクセがつきやすいからだ。欧米人の髪は毛が細い。櫛で髪を梳くとクセがつきやすい。ボリュームがあるからだろう。それに、ニューヨークのカツラ専門店にはありとあらゆる人種のカツラが集まっている。さすがはブロードウェイ、ハリウッドの国である。種類が多いだけでなくクオリティも高い。

カツラにはそれぞれ特徴があって、直毛、巻き毛でも左巻と右巻のがある。店の店員が懇切丁寧にそれを実際に見せてくれた。そのプレゼンテーションの仕方に驚かされた。それ自体が作品の制作の一部になっているからだ。プロの世界の底力を見せつけられる思いだ。美輪さんは真剣にその説明に聞き入っていた。顔とのバランスからいっても髪の占める役割は大きい。特に女優にとってはその性格を規定することもある。髪の形態をどう性格づけるかは演出上重要なことだ。それらの説明を聞きながら美輪さんはどんな役柄を考えているのかは言わない。いずれ出演する芝居のことを考えているのだろうか。『黒蜥蜴』『毛皮のマリー』『椿姫』『双頭の鷲』『愛の讃歌』の後にどんな作品の主人公が登場するのか楽しみである。しかし、そのときは美輪さんの頭の中にしか存在していなかった。

Ⅲ

次の目的は芝居を観ることである。ニューヨークではミュージカル『サンセットブルバール』がヒットしていた。美輪さんはこの作品を映画で観ている。日本で公開された時には『サンセット大通り』と呼ばれた。監督はビリー・ワイルダー、主演はグロリア・スワンソン、ウイリアム・ホールデン、パラマウント映画製作である。作品はロスの豪邸とハリウッドの撮影所を舞台に展開される、往年の大女優の没落を描いた悲劇である。この映画は3部門でアカデミー賞を獲得している。

この映画作品をもとにしたミュージカル作品はロイド・ウェーバーの音楽、クリストファー・ハンプトンの脚本で、1993年にロンドンで初上演された。翌1994年にブロードウェイで上演され、主演のグレン・クローズは1995年トニー賞を受賞している。グレン自身『危険な情事』『ガープの世界』でスターの地位を確実なものにしている。

この作品の舞台上演で驚かされたのは何といってもその舞台美術の迫力にある。主人公のノーマの家は黄金に輝く宮殿で、見るものを圧倒する。また、舞台途中でその宮殿が上昇し、その下に別の場面が登場するのである。そして、2つの舞台は同時進行し、階上では艶やかさとは裏腹にグレンの孤独な生活、階下ではノーマの愛する青年の生活が進行していく。2つの世界がますます引き裂かれていく。観るものは誰でも切なくなる。ロイド・ウェーバーのリリカルな曲がそれを優しく包む。美輪さんはこの作品に心を動かされている。悲劇的な作品が好みだからである。

次に観たのが『美女と野獣』である。初演かつディズニー製作とあって大ヒット。切符は連日売り切れ。それでも美輪さんの友人のつてで何とか手に入った。リンダ・ウールヴァートンが脚本、アラン・メルケンが作曲した。作品は、自分勝手な王子が野獣に変えられ、この謎を解くには誰かから愛されねばならない。10年後王子は父を探しに来たベルと出会う。彼女は父の代わりに城に監禁される。ベルには客間が与えられ、夕食を共にすることを強いられる。ベルは城から逃げ出す。ある日森の中でベルは狼に襲われる。野獣はベルを助けるがケガをしてしまう。ベルは野獣の手当てをする。それがきっかけで2人は愛するようになる。こうして野獣は王子に戻ることができ、ハッピーエンドで終わる。映画ではストーリーを追うことができるが、舞台では展開が入れ代わり立ち代わり代わるので筋をたどるのが難しい。エンターテインメント性が高いのだろうがてんこ盛り過ぎるというのが私の感想だ。でも、最後の野獣が王子に早変わりするシーンは圧巻だった。さながらマジックショーのようだった。そういう意味では歌舞伎と同じである。

Ⅳ

パリではウイリアム・フォーサイスのダンスカンパニーの公演を観に行った。チケットはもちろん完売である。それでも私は公演の数日前にシャトレ座まで切符を買いに行った。ここで手に入らなくても、最悪当日入り口でダフ屋。といっても素人で、会員になっておいて毎月公演になるとそれを売ってなにがしかの足しにしているのである。一般の券の3割増しぐらいだから旅行者にとってはありがたい。2500円が3200円程度である。隣のパリ市立劇場ではその程度である。

パリ市立劇場はコンテンポラリー・ダンス専門の劇場で、ジャン＝クロード・ガロッタ、ドミニク・バグエ、マギー・マラン、アッケンデンゲ、山海塾、カロリン・カールソンの公演が観られる。毎月、会員であれば2500円程度でトップクラスのダンス公演が観られるからありがたい。しかし、この劇場の会員はかなりダンスオタクなので、気に入らないと舞台に卵を投げつけたり、観客同士でけんかをし、しまいにはモノを投げつけ合うこともあるので要注意である。安いのはそれなりの理由があるものだ。

わたしは、シャトレ座のチケット・カウンターで、「わたしは日本から来たばかりで予約をしてない。一緒に来た美輪さんは俳優で役者なのだが、ぜひとも公演を観たいと言っている」と率直に尋ねた。すると、即座に「はい、わかりました」という返事が返ってきた。そして、「その方にふさわしい席を用意させていただきます」という。その席は2階の真ん中席、つまりロイヤルボックスである。それは、普段から空いてるはずである。そこに美輪さんが座るのである。私はさぞかし目立つだろうなと思った。しかし、ふとわたしの席はと思ったとき、つい口から"Mais non"（いや、それは）という言葉が出てしまった。すかさず、「はいそうです、貴方の席はその隣です、そこしか空いておりません」という返事が返ってきた。カウンターのマダムはわたしに微笑みながら言った。それは、含み笑いであった。私はいまさら断ることもできずチケットを購入した。

問題は当日である。当日は2千人以上の観客でいっぱいである。

シャトレ劇場はオペラ座やオペラ・コミック座ほどの伝統はないが建築家オスマンによって建てられた。1862年4月19日に開場式が執り行なわれた。はじめはゾラ、大デュマ、ジュール・ヴェルヌの作品などが上演されていたが、1876年からコンセール・コロンヌ管弦楽団がここを拠点として活動し、チャイコフスキー、グリーク、リヒャルト・シュトラウス、ドビュッシーが自作を指揮した。1909年にはディアギレフのバレエ公演が行なわれた。オペラ、バレエ、コンサートの会場として利用された。最近はパリ管弦楽団の拠点となっている。

当日の美輪さんは根性が座っているというか、終始堂々とした態度であった。千人以上のパリの観客の視線が注がれるなか怯むことはなかった。私は隣に座っていたがこちらには視線が及ぶことはなく、終始ダンスの公演に集中することができた。こういう時にはあまり周囲のことを意識しないことが得策であることを学んだ。公演が終わって美輪さんもご満悦の様子であった。

V

美輪さんの泊まっているモンタランベールホテルから歩いて5分のところにカフェ・デュ・フロールがある。左岸ではル・ドームと並んで有名なカフェである。左岸の人たちは朝刊を読むためにこのカフェにやってくる。といっても途中キオスクで思い思いに気に入った新聞を買う。ルマタン紙、フィガロ紙、リベラシオン紙と様々である。一紙買えば読み終わるのに午前中いっぱいはかかる。途中知り合いに会って話をすればもっと時間は伸びる。朝のパリのカフェの時間はゆっくり進む。

美輪さんとわたしはそんな様子を観察しながら、勝手にその人たちの仕事や生活の話をした。画家、物書き、編集者、学者、役者、ダンサーといったいでたちや物腰、持ち物から推察する。すると美輪さんはひょんなことを言い出すのである。「ああいう子が好みなのね」。わたしの視線が時折道を通り過ぎてゆく女性に注がれるのを素早くキャッチして指摘する。こちらは意識しないでそうしている場合もあるのだけれど、改めて指摘されるとドキッとする。かといって否定もできない。そういわれてみるとそうだと認めてしまう。それほど美輪さんの観察力は鋭いといえるのだ。

こちらも負けていられない。今度は美輪さんの恋愛観を聞き出そうとした。そうした挑発に乗る風でもなかった。すると、外のサンジェルマン大通りがにわかに騒がしくなってきた。お巡りさんが交通規制をしはじめ、沿道には見物客が集まりだしてきた。何かのパレードが通過するという。

そして、パレードの先頭が見えるようになってきた。なんとそれは同性愛者たちの示威的なパレードだった。大きなトレーラーにはリオのカーニバルのような派手な衣装で着飾った同性愛者たちが乗っており、沿道で迎える人々に盛んに愛嬌を振りまいていた。どこから集められてきたのか、巨大なトレーラーは数十台も連なっている。面白そうなので、わたしは美輪さんにもっと近くで見ませんかと誘った。ところが美輪さんは同性愛者の行列には興味がないというのである。はなから毛嫌いしている感じなのである。わたしは美輪さんに「それって同性愛者に対する偏見ですよ」といった。自称同性愛者を公言してはばからない美輪さんにそんなことを言うのもおかしな話だが、こんどはわたしも食い下がった。ところが、美輪さんは私を諭すようにやさしく言った。

Ⅵ

「皆さんは、私がおかまであると思っているようだけど、誤解があるようね」

「それは、世間では同性愛者がそのことを公言しているように、美輪さんもそう認めてらっしゃると思っているでしょう」

「それは役者として演技しているときのわたしと、わたし自身とを混同しているからです」

「マスコミでもその点については、正しく理解されていないようですね。美輪さんは、ご自身がロマンチストであるとよくおっしゃいます。それが古き良き時代のパリに、昭和の日本の文化に、戦後のハリウッド映画やブロードウェイのミュージカルにあるとおっしゃいます。そこでは男も女も等しく憧れの対象になっている」

「そもそも文化は男女の違いから生まれているの。それが最近では曖昧になってきているわ」

「愛の形にも変化が起きたとお考えですか?」

「私は初めからの同性愛者には興味がないの。私が好きになるのは必ずストレートの男性でインテリではない。そもそもインテリは何を考えているからわかりませんからね」

「相手の男性には必ず女性のパートナーがいる。その人から奪い取ることになりませんか？」

「そうではなくて、開眼させるのです。今までないと思っていた世界があることを、発見してもらうのです」

「まるで改宗のようですね」

「そうですよ、新しい信仰の世界に入るのと同じ、そこには本来男も女もないのです」

そこまでいくと、わたしも頭が混乱してついていけなくなってしまった。それは確かに宗教的改宗のようなものだった。ただそれが愛のあり方であるという違いがある。非常にプラトニックなものなのである。ただ古代ギリシャ人ならまだしも、現代人の我々にそうした境地に到達するのはなかなか至難の業ではないかと思った。

Ⅶ

そういえば寺山の『毛皮のマリー』のテーマを考えてみると、この愛のテーマが浮き上がってくる。

ただ、パルコ劇場での上演中はそれがよく理解できずにいたのである。

この作品を寺山は美輪さんへのオマージュとして、また上演してもらうために書いたと言われる。しかし、誰もテーマについて突っ込んで議論する者はいない。すくなくとも、寺山と美輪さんの間にはこの作品の本質についての理解に誤差はなかったと見てよい。

ただ、だれもそのことに気をかけなかった。同性愛者のことを気にかけるものなどいなかったのである。それが今となればダイバーシティー、トランスジェンダーとテーマとしては今日的になってきているが、美輪さんの視点に立っているわけではない。それはキリスト教の影響力が弱まっているからである。

なるほど、さきほどの美輪さんの論法に立って『毛皮のマリー』のテキスト・クリティークをおこなってゆくと、確かにわかりやすい。

特に、ラストで美少年の欣也が母のマリーと和解することはありえないと思っていた。それがコンバージョンのように息子の欣也が同性愛に目覚め、みずからを変換したとしたら、それはあり得ると。欣也の役を演じたいしだ壱成も毎回悩んでいた。いやいや受け入れるという演技だった。しかし、改心した欣也は喜んでそれを受け入れるのが本当の演技なのである。

さすれば、寺山が『毛皮のマリー』で描こうとしたのは、単なる崩れかかったおかまの淫売窟の話ではなかったはずである。むしろ逆で、奇想天外に聞こえるだろうが、プラトニックな愛の殿堂を描こうとしたと言えないか。最後のシーンが意味するものは、欣也が改心し、マリーはそれを祝福する儀式を行なった、と見ればいかにも寺山的ドラマトゥルギーと言えまいか。

私は、パリからの飛行機のなかで『毛皮のマリー』のシーンを思い返していた。

美輪さんは歌手としての最初のデビューが1951年の銀巴里である。美少年の歌手というふれこみが功を奏し、次第に有名になった。そのうち有名な文士達も出入りするようになる。吉行淳之助、野坂昭如、三島由紀夫。ヒット曲は「メケメケ」。その後シスターボーイともてはやされはしたが、歌手としてはパッとしなかった。1964年に「ヨイトマケの歌」がヒット。

1967年『毛皮のマリー』が「演劇実験室天井桟敷」の旗揚げ公演作品となり、主演している。これ以来、美輪さんの芸能活動の中心は歌手、それもシャンソン歌手としての活動と舞台俳優の活動に分けられる。今まで寺山との関連で舞台俳優としての美輪さんについて触れてきたのだが、ここで少しシャンソン歌手としての美輪さんに触れたい。

歌手としての美輪さんのステージを拝見したのは73年である。銀巴里で他のシャンソン歌手と一緒に出演していた。印象は声量といい、振り付けといい迫力満点だった。パリでレオ・フェレ、アズナヴール、ジャン・フェラのコンサートを生で見てきた者にとって、日本のシャンソンは食い足りないというか、迫力不足という観は否めなかった。ところが美輪さんの歌には独特の世界があった。単なる物まね以上のものがあった。狭い銀巴里のなかでひと際大きく感じたのが最初の美輪さんの印象だった。

シャンソンとはもともと、フランス語で歌謡を意味していた。私たちが生活の中で口ずさむ歌をシャンソンという。

ところが、外国人である私たち日本人にとってシャンソンは、それとはちょっと違うニュアンスがある。それは、東京の町中にあるビルの地下にあるカフェバーで歌われてきたフランスの民衆的歌謡を意味する。旧フランス植民地以外の国でシャンソンが現代音楽のいちジャンルをなしているのは日本ぐらいのものである。日本人は昔からスノビッシュな民族だった。鎖国をするから閉鎖的な民族と見られがちだが、実際には外の文化に対する好奇心は大変なものだった。

フランス文化についてはとりわけ中華思想をいだいているフランス人でもこのことに気付いていなかった。遠い極東にある小さな島国でシャンソンを愛する人々がそれほどいたとは知らなかった。わたしたち日本人は戦争を挟んで75年間文化的な片思いをし続けて来た。ところが文化的に保守的と思われたフランスでもここのところ大きな変化が起こっている。旧植民地の国々から移り住んで来た人たちの2世や3世が、フランス国内で独自の文化を創造し始めているのである。彼らの作り出す音楽には各民族が伝統的に培ってきた独特のリズムやハーモニーがみられ、これまでの西洋音楽とは異なる雰囲気を醸し出している。

カリブ海のマルチニークで生まれたズーク。アルジェリアのオランで生まれたライ。セネガルやマリのンバラ。ザイールのリンガラ。これらは新しい音楽のジャンルになろうとしている。

フランス人たちは旧植民地に夏のバカンスにでかけ、解放された気分のなかでこれらの音楽と出会っている。特に若者たちはパリの街の喧騒と慌ただしい生活から解放され、旅先で感じ取ったものを、帰ってきてパリのなかで再現しようとしてきた。このワールドミュージックという流れは、その後ロンドンやニューヨークにも移っていった。これらの音楽は新しいライフスタイルを求める人たちにも支持されるようになった。

一方、フランスではロックやワールドミュージックに押されて元気のなかったシャンソンも独自の動きを始めた。新しい音楽的傾向を無視するわけでもなく、それを積極的に自分の音楽にとり込み、伝統的なシャンソンを現代に甦らせようとした。ジャン＝ジャック・ゴールドマンはロックのリズム、パトリシア・カースはジャズのリズムを現代風にアレンジしている。彼らはシャンソンのなかにあるメロディーと詩の対立を和解させることに成功したのである。

大人たちもこの傾向に取り残されてはいない。彼らもフランス文化中心主義から脱出して重層的な文化の可能性を信じるようになってきた。ニューエイジ音楽の誕生が、人々を外の世界へ向けさせるきっかけを作ったのである。そして、遂に日本のシャンソンに注目するようになった。1984年には美輪さんはパリのボビニ座でリサイタルを開くようになった。また、石井好子さんののオランピア劇場でのコンサートにはイヴ・モンタンが観客席に姿を現した。

フランス人たちは日本のシャンソンに触れた時、自らの文化のアイデンティティを見出していた。彼らが忘れかけていた自分たちの文化の断片を、異国の人たちによって拾い集められていたのを知って感動したのだ。このカルチャーショックは特別な意味を持っている。今までフランス人は異国の文化に対するあこがれを外の文化に対して持っていた。この異国趣味が自国の文化のなかにもあてはまるということに気づき始めたと言ってよいだろう。

わたしたち日本人は、これまでヨーロッパやアメリカの物質的に恵まれた生活にあこがれてきた。その結果、大いに精神的な貧しさを生み出してきてしまった。シャンソンは従来から貧しい庶民の情感を歌い上げてきた。いつも庶民の味方であった。そうした一貫した立場が人々の信頼を勝ち得たのである。

わたしたちは今ここで再びシャンソンのなかに新しい精神の発露を見出す。美輪さんは愛を歌い、ファンタスティックな情景を演じてきた。

恋の歌であるシャンソンは各時代が持つメランコリーさに呼応する。ファンタスティックなシャンソンのなかには、演劇的でダイナミックな現代生活のあり様が示されている。

美輪さんのシャンソンは、経済的な活力の喪失があらゆる創造的活力の喪失の原因だとする文化的無気力を打ち砕く。美輪さんの表現活動はこの時代への大きな挑戦なのである。

第4章　空間を思い出で満たし――ジャン・カルマンの照明

I

1980年のある日、『観客席』を観に渋谷のジャンジャンに行った。中に入ると寺山が来ているというので楽屋に挨拶に行った。暫くすると九條今日子さんが入口に外人が来ているが何を言っているのかわからないので来てくれという。行ってみるとジャン・カルマンだった。一度だけ面識がある。寺山に会いたいのか聞いてみた。そして楽屋まで案内した。

これが事実上のジャン・カルマンとの最初の出会いといっていい。『観客席』については後で詳しく話すとして、ジャンについて少しお話ししよう。

ジャンはポーランド生まれのユダヤ人で、両親は戦争で亡命してフランスに渡っている。ジャンはポーランド語、フランス語、英語を上手に話す。大学時代は哲学を専攻し修士号を取った。有名な哲学者レヴィナスの指導を受けている。そのあとはカメラマン、そして舞台照明に仕事を移した。そして70年代にはナンシー国際演劇祭の舞台監督をしている。早くから日本の前衛芸術に関心を持ち、大野一雄、山海塾のヨーロッパ公演を手掛けた。

日本が好きで何回か来日している。先代の市川猿之助のパリ公演『コックドール』の際には舞台照明を担当。その後、サンシャイン劇場でアンジェイ・ワイダ演出の『ナスターシャ』（ドストエフスキー原作の『白痴』）の舞台照明を担当している。

わたしは、1981年7月アヴィニョン演劇祭（第11章参照）に招待された。フランス大使館の文化参事官のジェラール・コスト氏の依頼で日本の舞踏に関する資料を作成したお礼である。この年は教皇庁の中庭では太陽劇団の『リチャードⅡ世』が上演された。ダンスではマギー・マランの『メイビー』、大駱駝艦、大野一雄、トリシャ・ブラウン、人形劇の辻村ジュサブローと話題の作品が上演された。小さな町は観光客でごった返していた。

わたしが訪れた夜は特別イベントが催され、教皇庁のバックヤードを使ったチェコスロバキアの劇作家ハベル氏の収監に対する「ハベルを救え」というものだった。

ハベル氏の劇作の朗読が役者たちによって熱っぽく演じられたり、作品の一部が舞台上演されたりした。お金はかかっていないが、参加者の熱意がこちらに伝わってくる。イベントは朝まで続いた。ここには「文化と政治」が頭の中だけで成立しているわけではない。芸術はいつも時の権力と緊張関係にある。それに携わる者は収監される覚悟が必要だ、それが肌身に伝わってくる。抵抗するか、しないかではなくて、そこにはいつも緊張がある。わたしは30歳になるまでそうした空気感を味わったことがなかった。

日本では文化人たちが数十年にわたって「政治と文学」について論争を繰り返してきた。結果は不毛に終わった。そもそも日本の文学は自らが危機的な状態に至るような、政治権力との拮抗関係を経験したことがない。抵抗はあくまで個人的な表現作業の段階に留まる。

連帯のイベントは朝まで続いた。あたりが白々と明るくなるにつれ、参加者は教皇庁の周縁から市内の広場に三々五々集まってきてカフェに入り、朝食をとっていた。それらの人々の中にジャンの姿も見受けられた。

1983年の5月に私は佐渡島の伝統芸能・文弥人形の一行をヨーロッパツアーにお連れした。最初の公演はパリのアリアンス・フランセーズ劇場で行なわれた。ジャンはその公演の劇評をリベラシオン紙に書いてくれた。それも表紙全段抜きである。これにはさすがに驚かされた。うれしかったがそれだけプレッシャーも大きかった。この記事のおかげでパリ中の演劇関係者が観に来てくれた。役者で演出家のロジェ・ブラン、黒沢明監督の映画のフランス語字幕を担当していたカトリーヌ・カドゥ、ロジェ・ブランカンパニーのマネージャーのイザベル・ファムション、国際人形劇博物館館長のパンパーノ氏らは講演後劇場のホールで人間国宝の浜田守太郎氏を囲んで歓談した。そして、ツアー初日は大いに盛り上がった。

この日、次の公演先のオランダの主催者がわざわざパリまで様子を見にやってきた。そして、この日の大盛況に満足して帰って行った。それというのも、ジャンの日本文化に対する並々ならぬ関心と探求心の結果生まれた優れた紹介記事のおかげといえる。噂では聞いていたが、そういうことがパリでは実際に起こるのを体験できた。

そこで話は『観客席』に戻る。ジャンはこの日『観客席』の公演を観たいというので九條今日子さんにお願いして席をとってもらった。

ジャンジャンは地下にあり、劇場空間としては特殊だ。舞台があるわけでもなく、フラットな空間に柱が所々にある。上部の建物を支える土台兼支柱をなしている。だから、強くて太くなくてはいけない。しかしこれが劇場空間として利用するには勝手がよろしくない。役者の動きを妨げるし、舞台美術も意味がなくなってしまう。何よりも観客に死角をもたらし演劇の上演にとってはまことに使いにくい、厄介なしろものだ。それでも連日公演が絶えないのは、交通のアクセスがいいからだろう。

寺山がなぜこのような空間をこの『観客席』公演に選んだのかは、うかがうよしもない。普通のプロセニアム（額縁式）の舞台を嫌っていたからだろうか。

会場が暗くなって、初めに登場したのが寺山修司だった。これには会場からどよめきが起こった。宜なるかなである。私は、前にも先にもこのとき以外に寺山が舞台の公演中に登場したのを見たことがない。寺山は「僕はタモリのように、寺山修司をうまく演じることができるかどうかわからないが、何とかうまく演じてみようと思うのです」といかにも謙遜した様子で語りだした。そのあと彼が何を言ったかは記憶にない。たぶんこのことを言いに登場してきたのだろうと思った。事実、この発言の箇所は台本には記されていない。

フラットな空間の中央に舞台らしき空間が残されている。

椅子には番号がついている。当然、観客は各々自分の番号に座っているものと思い込んでいる。一人の俳優が「今日の主役はあんただ」という。「前から6列目、右から5番目のそこのあなた。あなたはもう個人じゃない。あなたは今夜の事件なのだから」

観客のほうだって黙ってはいない。「ここは指定席じゃなくて自由席でしょう」という。すると別のところから、「キャ」と悲鳴があがる。そこに明かりがつくと、救命ボートが飛び出してきた。もちろん、観客は予測もしない事態にたじろぐ。

そして、おもむろに開演を告げる一ベルが鳴り、場内アナウンスがそれを告げる。そして、二ベルが鳴り、幕が上がる。しかし、幕の裏にはもう一つの幕があるだけである。そろそろ観客はいらだち始めている。「こんなの茶番だよ」という声がする。そしてまたベルが鳴る。音楽が鳴り、幕が上がる。そこにはもう一つの幕が待っている。観客は忍耐の限界を経験している。いや、させられているといったほうがいい。

すると、次に観客席の中から、チュチュチュチュと鳥の鳴き声がする。別の場所からはマッチの箱のなかの硬貨がぶつかり合いジャラジャラと鳴る。それが、あちこちで聞こえる。

一人の俳優がセリフを話す。するとあちこちでセリフが発せられるが関連性はない。

1時間半の間にこの芝居では役者は時として観客を演じる。しかし、観客は期待されたようには役者を演じきれるわけではない。観客は本来の役割である意味を追い求める役に徹すればいいのだ。この劇はそのアイデンティティ獲得行為の邪魔をする。つまり、この芝居は終始劇の内部に入ることを拒否する。ある意味観客にとって「残酷な演劇」は現実とそのドゥーブル（影）を示し、かれの存在を外化することには成功するが、観客の世界に内在化すること（アルトーのいう「残酷とはまず僕にとって残酷であるということだ」「私たちは皮膚を通してしか永遠性を魂に吹き込むことはできない」）はない。


寺山のこの他者を見出そうとする試みは、そのためにブレヒト、ベンヤミン、アルトー、そして時にはドゥヴィニョーを引用するが、明快とはいいがたい。成功した読みとは言えなかった。

そのことは天井桟敷のドイツ公演で示された。

寺山たちは1973年10月23日号のシュピーゲル誌上で「ヒットラーのほうがよかった」という見出しでたたかれた。それはベルリンで『邪宗門』公演中の俳優による観客への暴力がとりあげられた。おり悪く、公演の途中で著名な評論家ヴィーゲンシュタイン夫妻が外に出ようとして妨害された。この劇では、観客は途中で外に出ることが制限されていた。評論家夫婦は出る自由を主張したが、寺山はそれを「暴力表現の限界」か「俳優の観客への接触権」の問題として拒否し、そこで警察が介入し評論家夫婦は解放された。そしてのちに二人はこの件で公開討論までしている。

演劇における表現論や観客の権利論は芸術論としては成り立つが、劇上演では本質的なものとはいいがたい。寺山は身体と精神の二元論を否定するスピノザ的な心身一元論を主張する。スピノザは肺の病にかかっており、ネフローゼにかかっていた寺山と同じ状況下にあった。

病んだ身体を持つ寺山は、いつも死と背中合わせの人生をおくっていた。その不安や恐怖に立ち向かうには絶対的な神を必要とする。自らの限界を絶対者である神によって克服する。といっても寺山はキリスト教徒やユダヤ教徒ではない。彼の霊性への関心はむしろ儀礼や儀式に向かう。演劇的儀礼を通して「器官なき身体」(1)(CsO)を持つ試みをする。演劇は寺山にとってはアレンジメントなのである。それがスムーズに行なわれればいいのだが、トラブルやスキャンダルに巻き込まれる。それはあまりにも自分の快感原則に支配されすぎていたからである。死という忌まわしい想念が彼にまといついて離れなかったのだ。その不快感を寺山は生涯にわたって遠ざけようとした。その演劇的戦いの中で、彼はアレンジメントを自分のものにしたのである。彼は劇の中で小さな箱を登場させる。その中で役者はもがいている。

これが寺山の日常的な身体感覚なのだ。しかし、そこから自由になることは生涯なかった。

公演が終わってジャン・カルマンに劇場の出口で会うと、彼はこの作品が大変気に入っていた。照明家にとっては大変示唆に富んでいたという。特に、暗転の多用はポーランド出身の彼にとっては共感できるところが多かったようである。

Ⅱ

ここでジャン・カルマンの照明論に触れてみるとしよう。彼は1945年にユダヤ系のポーランド人の家庭で生まれ育った。父は芸術家であるが。ナチスの追跡を逃れフランスに亡命している。パリで生まれたジャンは、ソルボンヌ大学で哲学を学び大学院ではレヴィナスの指導を受けている。だからといってユダヤ教のカバラやタルムードについて熱心に学んだわけではない。むしろ、フッサールやハイデッガーの現象学に惹かれた。

日常に起きた出来事を観察し、かといって距離を置くわけではない。ジャンの目は戦後のパリで起こっている事柄に関心を持ち、それを冷静に追っていた。パリで生きる強度を備えた目を持った。彼はカメラのレンズを通して現実の中にある本質を逃さない。そして、カメラを通した視線は当然のごとく光が気になる。対象は光の具合でどのようにでも現すことができる。ここで、ジャンは現象学的方法——単なる観察者として現象を写し、解釈する——に飽き足らず、表現者として、より積極的に創作活動にコミットしたいと思った。

知識としては、現象学やマルクス主義を身につけ、それを現実に当てはめようとするのではなく、アンガージュマン（参加）の思想に惹かれていた。

照明家としては、それでも「後からきて参加する方法」をとっている。これは、現象学的方法の影響がみられる。日常の出来事を観察し、情報を集約する。それをそのますぐに意味に還元するのではなく、一旦判断停止をする。しばらく中身が熟すのを待つ。そして本質直観で本質的な意味を捉えるのである。

ジャンにとって照明はあらかじめプランを作ってそれを作品世界に当てはめるのではない。「照明は或る演技、空間の提示の枠内で、それを基にして決められる」（「舞台を思い出で満たし」、ユリイカ11月号、1985年）。つまり演出家は戯曲に従いプランを作り、役者のセリフ回しに指示をし、身体的な表現に注文を加える。その際に、劇場空間をどのように用いるのかを考える。舞台美術がどのように配置されるかは重要だ。

ジャンが尊敬する演出家ピーター・ブルックの場合、演技する空間は美術によって妨げられるわけではない。シンプルである。『ユビ王』『鳥たちの会議』の場合には、舞台空間創出における役者の演技の比重は高い。

ところが、『マハーバーラタ』では照明の比重のほうが高かった。これはジャンにとっては大きなプレッシャーとなった。そこで彼が考え出したのが、室内、室外、宮殿、戦場の激しい戦いの場面転換を照明のきっかけで作り出そうというものだった。

そのためには、空間の隅々まで光がいきわたる必要を感じなかった。むしろ空間構造全体を念頭に入れた。照明における局在論に対する全体論を優位とさせる。

また、照明の配色も大切である。夜を現すにはアンバーがかかった青を用いるほうが効果的だ。時には、リアリズムから逸脱するために強烈なスポットを当てることもある。ジャン・ヴィラールの言うメガホンの役目、それがきっかけとなって物語は前に進むことができるからである。

近年になり、照明は時間の経過を示す役割が強くなったといわれる。それでいて照明はそれ自身として自立していなければならない。そこには介入と分離の問題がある。特に夜から昼への移行をどう表すかである。そして、それはインドの場合、熱、暑さをどう現すかということになる。

そこで、ジャンは強烈に熱い光を考案する。これは、ピーター・ブルックのいう「スペクタクルの照明」と呼応する。ブルックはかねがね普通の実用的な照明よりは、観客席と舞台の違いをなくしてしまうほどの明るい照明を好んだ。

ロラン・バルト流にいえば「零度の照明」となる。これは照明における、装飾主義、耽美主義の克服を意味する。この照明こそが、介入と分離の弁証法の担い手なのだ。

ブルックは人物の顔が際立つことを望む時があった。その時は、3、4メートル離れたところからまっすぐに当てるスヴォボダという照明機材を使う。この照明は強い光を出すが低電圧である。人物照明に最適だ。映画の照明に近い。

また、ブルックの演劇では物語性が強調される。ジャンも物語をわかり易くするために照明が重要だと考える。叙事的な場面では地明かりが用いられる。語りからドラマへ移行するにつれて、照明は変化し、個別的になる。インドの物語を扱う場合には特に柔軟性が求められる。彼らの視線の快楽・楽しみの追求を理解しようとしなければならない。

ブルックの好みに合わせた照明は連続性を保ちながら、多彩さを生み出すことにある。常に全体の統一を考慮することだ。そうすれば、舞台を「思い出で満たし、声の肌触り、動作の魅力に再会できる」のである。

Ⅲ

2015年8月、東北新幹線のなかでトランヴェール誌を眺めていたら、山田五郎のエッセイが目に留まった。タイトルは「山菜餃子とボルタンスキー」と挑発的である。旅雑誌だからうまいものの情報があるのはいい。旅先で楽しみといえばグルメと観光ぐらいだからだ。

私は、山菜餃子に興味があった。春の山菜といえばたらの芽、青こごみ、山うど、ふきのとう、わらび、ぜんまい、よもぎである。私は、これら苦みのある野菜の天ぷらが大好物である。弘前に移り住んで毎春これらの珍味を食するのを常としている。苦みのせいか何度食べても飽きない。蕎麦と一緒ならなおいい、至福の時を過ごせる。それが餃子の具になるとどうなるのか興味がわく。自分はつくづく卑しいと思う。

一方、ボルタンスキー兄弟といえば、弟（クリスチャン）がフランスの画家。兄（リュック）は経済学者で最近『資本主義の新たな精神』が翻訳されている。この本が出版されたときは、

1968年パリの五月革命の社会学的な意義を理論化した画期的な本として、当のフランスだけでなくアメリカにも波紋は広がっていた。日本では専門家の間では注目されたがそれほどの影響はなかった。日本では69年の東大安田講堂事件との関連で注目を集めたが、その後の連合赤軍事件と結びつき事件性が高く評価されすぎて、社会学的研究対象としても、文化的な運動としても捉えられることはなかった。兄のボルタンスキーの観点はもっと評価されてもいいと思う。

弟のボルタンスキーは画家である。

山田五郎の記事は、越後妻有で行なわれているアートトリエンナーレについてだった。私はインスタレーション「最後の教室」に興味を持った。記事のなかの写真に惹きつけられたからだ。早速観に行くことにした。

9月12日、新潟県越後妻有で開かれていた「大地の芸術祭」を訪れた。大宮で上越新幹線に乗り換え、越後湯沢で降りた。ほくほく線に乗り換えまつだい駅で降りた。そこは、山深い里であった。コシヒカリがこんな山の中でも採れるのが意外だった。ワインと同じで寒暖の差が実の糖度を増すのか、勝手に理由を探した。

まつだい駅構内には主催者の案内所があった。そこで目的地までのアクセスを尋ねた。思ったより芸術祭の会場は広かった。「最後の教室」まで行くには路線バスで30分ほどだという。次のバスが来るのを待った。ほどなくバスは来た。バスは山の中のくねくねと曲がる道を進んでいった。バスは途中、いくつか別の会場の前で止まった。そして橋のたもとで止まった。目の前に「最後の教室」の看板が立っていた。乗客全員がバスから降りた。そして、何も言わずに看板が示す方向に歩き出した。

わたしは一人、事の成り行きを了解できずにその場にたたずんでいた。６００メートル先の旧東川小学校まで歩いていかねばならないと書いてある。「それだったら学校の前で下してくれればいいのに」と独りつぶやいてしまった。他の人たちはもうだいぶ先のほうを歩いていた。わたしも遅れまいと後を追った。しばらく里山の風景を見ながら歩いていると、主催者側の意図が納得できた。秋風が心地よく吹いてくる。

展示会場は廃校の体育館内にある。この「大地の芸術祭」の主催者は、過疎化で空き地になった建物に手を加え、住居や店舗に変え、そこにアート作品を展示する、という運動を進めている。２０００年に始まったこの芸術祭は今回で6回目になる。前回の来場者数が49万人というからたいしたものである。

「ここの作家のほとんどはここの暮らしと切り離せない、この場所まで来ないと出会えない」とは主催者の言である。芸術は本来あるべき場所で暮らしに密着したもの。都会では出会えない存在感を備えなくてはなるまい。それに出会えるのはうれしい。

今回の作者の一人であるボルタンスキーは彫刻家、写真家、画家である。写真や古着、ロウソクの光、とさまざまな素材を使って作品を制作している。ユダヤ人の父が差別を受けた経験から、「生と死」のテーマを扱うようになったという。シューベルトの歌曲「冬の旅」を主題にした演劇作品では、死者の衣類を大量に積み重ねた。また、肖像作品に電球を当て金属の箱で祭壇を作った作品「モニュメント」はユニークだ。今回はジャン・カルマンは照明家というよりは美術家である。

わたしは展示会場の入り口で入場券を購入し中に入った。中へ入ると真っ暗で何も見えなかった。目が暗闇に慣れないからだろうと思い、しばらく待った。前に進むことすらできない。低い長椅子がそこいらに置いてあるのはあらかじめ写真を見ていたのでわかっていたが、その上に扇風機が乗っているので近づくのがはばかれる。

わたしは立ったままで、手に持っていたカメラのシャッターを切った。すると、ちゃんと写っているではないか。2度3度とシャッターを切ってみると、やはり写っている。ということはカメラより自分の視力が弱いということか。加齢のせいで視力が極度に衰えたということか、と訳のわからぬことを考えたりした。といって誰かに見えますかとも聞けない。

暗闇の中でしばらく冷静になるのを待った。すると見えないのは同じだが、頭のほうが動き出した。作者の意図はここにあるのではないか。闇のせいで目を役に立たせなくする。視覚的にブラックアウトにする。鑑賞者の視覚的対象を消す。そうすれば否が応でも想像力が働く。そしてこの誰も使わなくなった体育館の現在に思いを寄せる時が訪れるまで真っ暗な状態は続く。実際には明るくなることはない。そして、そこにいた人たちのことに思いを巡らすようになる。

私は言わば不在の空間に支配されている。本来、明かりはあるものを明るくするためにある。ないものは明るくしない。ジャンたちは闇と光の関係を転倒し、闇の側から光を照射する。そのためには視覚より想像力が頼りになる。それがわかっただけでも救われたような気がした。

私は闇の中でほとんど一歩も先に進んでいなかった。ただ闇の中で佇んでいるだけだった。そして我に返り、一歩退いてみたらそこは元の光の世界であった。

私は、帰り道の途中越後湯沢で下車して、お蕎麦屋さんに入った。そして山菜蕎麦を注文して食べた。

注

（1）器官なき身体　ジル・ドゥルーズとフェリックス・ガタリがアントナン・アルトーの言葉を哲学的に解釈した概念。身体は有機体的機能とは別の欲望を持つ。こうした身体の諸機関は必要とされない。個々の器官を統一する高次元の有機体、全体をコントロールする組織体を否定。部分が持つ多様性への適応性を重視している。

第5章　表象としての皮膚――ワダ・エミの衣装論

I

衣装は、それが着るという機能的な面だけでなく象徴的機能を持っていることを指摘したのは、ロシアの言語学者ボガトゥイリョフ(1)である。彼はスカーフの日常的な使い方のうちに多くの象徴的意味を含んでいることを指摘している。

ワダ・エミの衣装はそうした関心からするといろいろ興味ある視点を提供してくれる。

わたしが彼女とお会いしたのは、１９８０年にさかのぼる。上智大学の講堂で上演された「闘牛鑑」というダンス公演の企画・制作担当をしていた際である。

原作はミシェル・レリス、１９３８年の作品である。詩的な小品で、エロスと死を題材にして書かれた闘牛論である。

演出・振り付け：三浦一壮、美術：谷川晃一、衣装：ワダ・エミである。

出演：三浦一壮、藤井友子、レスリー・リンカ・グラッター、森井睦。

当時はポーランドの「連帯」の運動に呼応して、「連帯」という大きな文字とレーニンの顔写真を掲げた。そこに半裸の森井が地面と平行に立っている。舞台前面にはシルクスクリーンが張られ、舞台は真っ暗である。公演が始まると明かりがつく、それも小さな箱の中だけゆっくりと明かりが灯る。そしてしばらくすると、その他の箱も明かりが灯り、それが音楽のリズムに合わせて明暗を繰り返す。決して舞台全体に明かりが灯ることはない。

次に、ダンサーたちの踊りが続く。三浦と藤井のパドゥドゥ（2人のステップ）は舞踏のそれで、藤井の動的な動きに対して三浦は静的である。ダンサーの動きに気を取られていると、時々上にいる森井が自分の裸身を片手で叩く。その音が不思議な反響となって響き渡る。最後に、レスリーのソロダンスである。レスリーは終始スピンをしながら舞台上を移動する。時々両手を平行に上げて回転する。クラシック・バレエのスピンとは異なり、ただただ、回転している。それは激しい回転ではない。身体の自然なリズムを現し、見ていて心地いい。このスピンを彼女はインドで習得したという。ワダ・エミはレスリーの衣装に縦長の白いドレスをデザインした。長い裾が回転によって広がり、美しい花の開花を思わせる。静かな踊りの中の静寂と死、エロチシズムを感じさせる。この作品の中心的テーマがワダさんによって示されていた。

広くない会場はほぼ満員であった。その中に、私は大野一雄の姿をみた。

この作品の衣装の製作でわかったことは。ワダ・エミの衣装製作費は言われるほど高くないこと。彼女の制作姿勢は極めて明快で、作品の理解の上に、より効果的な表現の世界を示している。

この作品の後、1986年に彼女は黒沢監督の映画『乱』の衣装でアカデミー賞を受賞している。その後、ワダさんは映画の世界では、『鹿鳴館』（市川崑監督）『竹取物語』（同監督）『利休』（勅使川原宏監督）『夢』（黒澤明監督）などの作品で衣装を担当している。

Ⅱ

わたしがワダ・エミさんに再会したのは1990年3月新幹線の中でである。彼女は私にフランスから来るヌーヴェルダンスの振付家を紹介したいというのである。

わたしは突然の申し出に驚いた。10年のブランクがあるのも何のその。まるでずうっと連絡を取っていたかのようである。外国人との間では多くみられるが、日本人では皆無といっていい。何らかの具体的な関係がなければ、もしくは利害関係がなければ関係は消えてしまう。寂しいことだがそれが現実である。ワダさんがほとんど活動の場を海外に置いているのもそうしたことからなのであろう。

じつは、このサポルタの日本における公演は私がかかわっていた。東京国際演劇祭の事務局の依頼もあって、フランスからダンスカンパニーを招聘することになった。以前から私はパリを訪れるとパリ市立劇場（テアートル・ド・ラ・ヴィル）でダンス公演を観ることにしている。この劇場は主にコンテンポラリー・ダンスの公演で知られている。

ピナ・バウシュ、アンナ・ケースマッケール、ヤン・ファーブル、マース・カニンガム、バグエ、アッケンデンゲ、山海塾、カルロッタ池田、カロリン・カールソンなどが長期公演をしている。１６００人入る小屋だが、観客席は高く迫り上げ、後ろの席からも観やすい。私はこの劇場が好きである。観客が一つに集中しやすい。

１９８９年秋にこの劇場でカリーヌ・サポルタの公演『森の中の許嫁』を観た。母に捧げるとしたこの作品は、ロシアのスラブ民話をベースにして作られている。しかし、この演劇的なダンスには、サポルタ自身の個人的な体験からするＰＴＳＤのトラウマが垣間見えてくる。強い衝撃的な情念が伝わってくる。公演が終わって観客の反応が二分するのにも出会って二度驚いた。私は、演劇祭事務局に直ぐにこの作品を推薦・紹介した。企画委員長の山口昌男も快く受け入れてくれた。

もちろん、ワダさんはそうしたいきさつについては一切知らなかった。ただ彼女は別の企画でサポルタと一緒に仕事をしていた。それはピーター・グリーナウェイ[2]監督の『プロスペローの本』である。原作は『テンペスト』の復讐劇である。この中でワダさんは役者ギールグッドの衣装に力を入れた。かなり高齢になってはいるものの、ジョン・ギールグッドは重い衣装以上に演技の重厚感を増していた。それだけでなく、半裸の役者の皮膚にボディー・ペインティングを施しており、特にマイケル・クラークの怪しげな存在感を一層高めるのに一役買っている。じつは、この作品の振り付けにサポルタが加わっていたのだ。ちなみに音楽はマイケル・ナイマン、撮影は『ヒロシマ・モナムール』のサッシャ・ヴィエルニーである。

監督のピーター・グリーナウェイはワダさんの客観的な視点に注目する。象徴的な表現に終始するグリーナウェイ作品では唯一衣装が作品の具体的な意味を持つ。何度か打ち合わせをする中で、監督は衣装のコンセプトから全体の構成を再編成していく。ワダさんは、演出のなかに深く関与していく。また監督はそれを取り入れるゆとりがある。

サポルタは東京に来る前にワダさんに自分の来日公演について知らせを入れた。それがワダさんと私の再会と重なったということだ。

公演は1990年11月、東京芸術劇場の中劇場においておこなわれた。それは、いわゆるこけら落とし公演である。『森の中の許嫁』は美術が大仕掛けなのでその設営が心配されたが、中劇場は舞台がそのまま地上にまで降りていき、そこであらかじめ設営されて上っていくので、さほど手間はかからなかった。公演はなにも起こらずみんな満足していた。

彼女たちと一緒に来たフランスのテレビ局のカメラ班が、サポルタとワダさんの対談をどこかいいところでしたいというので、鎌倉の建長寺の境内では、とお勧めした。二人の対談がうまく進み、ワダさんは彼女をアトリエに招待した。そこで『乱』の時に受賞したアカデミー賞のトロフィーも映像に収められた。

そして、二人の気持ちがさらに一つになり、サポルタはワダさんに次の舞台公演の話をした。それは『カルメン』という作品で、サポルタ自身がソロダンサーとして演じるものであった。わたしは、パリの友人のプロデューサーであるパイヤール夫人を紹介し、ワダさんの代理人として契約書を作成していただいた。

この公演の最初は1991年リール市の市立劇場で行なわれた。続いてパリ市立劇場でも行なわれた。ところが、この公演の後観客の賛否が分かれた。左右に分かれて罵倒しあい、物がなげられ、劇場内は一時騒然とした雰囲気になっていたが、パイヤール夫人はあっけらかんとした顔をしていた。ワダさんのこの時の衣装は真っ赤なドレスであった。サポルタはブランコに乗り、それがワイヤーでつるされており、揺れるブランコの上で踊るという大胆なものであった。なかなか刺激的な公演ではあった。

この年にワダさんは、フランスで行なわれた第13回クレテイユ国際女性映画祭の審査員をしている。

そのあとワダさんは1992年に、第1回サイトウ・キネン・フェスティバル松本のストラヴィンスキー作曲『エディプス王』の衣装を担当した。ワダさんは、私にいい照明家はいないかというので、ジャン・カルマンを紹介した。芸術監督の小澤征爾は、この作品は今まで成功したことがないので、是非とも成功させたいということだった。

指揮：小澤征爾、美術：ジョージ・シーピン、衣装：ワダ・エミ、照明：ジャン・カルマン。
出演：サイトウ記念オーケストラ、ジェシー・ノーマン、田中眠、その他多数。

公演は数回行なわれた。日本で制作されたオペラ作品としては最大級のものと思われた。スタッフもメトロポリタン歌劇場から派遣された。DVD制作のスタッフはハリウッドから派遣されていた。私も、ゲネプロの公演を観せてもらったが、素晴らしい出来である。演出のジュリー・テーモアはワダさんやカルマンのアドバイスに救われたといっていい。オーケストラの演奏は完璧だった。

この作品でワダさんはエミー賞を受賞している。エミー賞の受賞会場には演出家のテーモア氏も顔を出していた。そして、ワダさんが受賞して壇上に上がると、彼女も一緒に壇上に上がってきた。これには、さすがにワダさんも驚いた。テーモアはまるで自分が受賞したかのように、喜びの言葉を発していた。そして彼女はミュージカル『美女と野獣』の演出を手掛けることになる。押し出しがきくことが成功の鍵ともいえようか。

そのあと、1993年にカルマンはワダさんにネザーランド国立オペラを紹介した。私もワダさんに同行した。1988年から芸術監督のピエール・オウディが、モンテベルディの『ポッペアの戴冠』の演出を担当する。オウディはフランス育ちなのでフランス語が堪能である。打ち合わせはフランス語で行なわれ順調に進んだ。この作品の成功が、1994年のザルツブルグ・フェスティバルでのペーター・シュタイン演出『アンソニーとクレオパトラ』の仕事へと導いていく。彼女のテキストに対する深い解釈力が高く評価され、活躍する場所は日本、東南アジアのみならず、グローバルに活躍するようになった。

同じ年に、ワダさんは寺山修司作の『毛皮のマリー』（パルコ劇場）の衣装を担当した。この作品の制作については前述したが、彼女の衣装についてはまだなのでここで触れてみたい。

ワダさんは『毛皮のマリー』の衣装に関しては、マリーだけの衣装をデザインした。

①千の涙のドレス：黒字のネルトン地に滴型のアクリルを１０００個取り付けてある。それに、ネックレスとイヤリング、黒手袋である。全体に黒を基調にしている。

②夜空の星：青地の型押しモケットの上にメタリックシルバーが斜めにはしり、ところどころに押しつぶしたシルバーボタンが止めてある。白ラインストーンを少し斜めに散らす。銀色のネックレスにイヤリング、青地の手袋。全体に青を基調にしている。

③三日目の血の糸のドレス：アクリルと金糸を折り込んだ布地を赤い血の色で染めている。折り込んである金の糸を切り、ほころびを入れる。それに、少し金に染めた糸を付け足す。ところどころにつぶしたボタンをランダムに取り付ける。赤のネックレスとイヤリング、赤の手袋。全体に血の赤を基調にしている。

ワダさんはこの衣装について「衣装は、表現であり、時代であり、物語であります。衣装は、ほんの一瞬に生きるだけ、でも私は素晴らしい瞬間を見せて消えていくことに衣装デザインの醍醐味を感じています。現実から虚構の世界へ飛翔し、本物以上の存在感のある虚構の世界をつくりたいと思っています」と語っている。

注

（1）ボガトゥイリョフ（1893—1971年）ソ連の言語学者、民俗学者。ローマン・ヤコブソンと詩的言語理論研究会を設立。民衆文化に着目、民話、衣装、演劇を研究。著書『衣装のフォークロア』。

（2）ピーター・グリーナウェイ（1942年生まれ）イギリスの映画監督。『英国式庭園殺人事件』『数に溺れて』（カンヌ映画祭芸術貢献賞受賞）『コックと泥棒、その妻と愛人』『枕草子』（シッチェス・カタロニア国際映画祭でグランプリ受賞）などがある。近年、オペラ『コロンブス』の演出もしている。

第6章　「かくれんぼ」の詩学

1982年4月16日ブリヂストン美術館で「具象絵画の革命」展が開催された。美術評論家のアラン・ジュフロアが企画した。「セザンヌから今日まで」という副題がついていた。

わたしは、「今日まで」がどこを指しているのか興味があった。オープニングなのでたくさんの人が来ていた。フランス大使館のアラン・ジュフロア文化参事官の顔も見えた。山口昌男氏もいた。私は、中に入りペーター・クラーゼンやジェラール・フロマンジェらの作品に見入っていた。テクニック的にはハイパーリアルなのだが、描かれた世界はどこか神秘的なのだ。当時「フィギュラションリーブル」と言われて注目されていた彼らの作品にじかに触れることができて、私は感動していた。作品のなかに没頭していたといっていい。

その時、急に誰かが背後から目隠しをするのである。わたしはすぐに「寺山さんでしょ」といった。ズバリ当たった。公衆の面前で、人目をはばからずにそんなことをするのは、寺山さんくらいだろうと思ったからである。それに１７０㎝に満たない寺山さんが１８８㎝の小生に目隠しするのにかなり苦労していたからである。寺山さんなら「よじ登ろうとした」と言うだろう。子どもじみた彼の動作に私は苦笑した。もちろん好意的に受け取った。

寺山さんは普段から私の背の高いことに言及していたから、ここで登ってみようとしたのではないかと思ったりした。そのうち大山デブ子の代わりに「石田ノッポ」の役が回ってくるのではと勝手に妄想してみた。

寺山の童話のなかに「かくれんぼ」という作品がある。ストーリーを紹介しよう。

主人公の少年は、かくれんぼは悲しい遊びだという。この遊びでは、鬼が自分を探しに来るのを待たなければならない。待ってる間に自分でどのくらいたったのかわからなくなるという。じゃんけんの下手な主人公の私はいつも鬼になってしまう。たとえ鬼である私が家に勝手に帰っても、みんなは追いかけてきて、私に「もう、いいよ」と声をかけてくる。

そのなかにそばかすの子がいて、なかなか見つからない。憎たらしい子だ。ある日、その子がマンホールに入るのを見つけた。たまたまトラックが木材を下ろしに来た。そこでトラックの運転手にマンホールのふたの上に木材を下ろさせた。そして、主人公はそこを離れた。

その後、その子の話はどこにも出なかった。主人公は黙っていた。15年後に主人公はそこに行ってみた。マンホールのふたを開け中に入ってみた。奥のほうまで行ってその子が死んでいるのをたしかめようとした。すると上のマンホールのふたが閉められる音がした。そのあと木材が落ちてくる音がした。上のほうから昔のその子の声で「もういいかい」という声がした。しかし、よく聞くとその声は私の声だった。あの子は主人公の声になっていた。私は家に帰る。

この「かくれんぼ」の話をヘーゲル流に解説するとどうなるか。それほど寺山はヘーゲルが好きなのである。この話の主人公は鬼である。鬼以外のこの遊びの参加者は不特定である。鬼の視点でこの遊びを見ていくと、鬼は主体、参加者は対象となる。主体は対象を求める。そのためには主体は確固たるものでなくてはならない。認識主体としての存在が確保されていなくてはならない。デカルト的なコギトである。一旦認識主体が保証されると主体は対象を目指す。鬼は次々と参加者を探し当てていく。こうして真実は明らかになる。

ところが、この作品では自分に似た男の子がマンホールに入っていく。この設定はあくまでも暗喩としてある。暗闇に蝶が舞っているという表現にそれは示される。これは認識論的には「外化」の果ての「疎外」となる。つまり、対象は否定される存在としてある。そうしないと関係性が成立しない。自己意識における主と奴隷の弁証法である。

ではマンホールとは何か。それには心理学的解読がいる。

寺山は昭和11年に弘前に生まれる。6歳の時に母と三沢の叔父のところで暮らす。9歳の時父を失う。その後母はベースキャンプで働き、寺山は自炊をして暮らす。13歳の時には青森市の映画館「歌舞伎座」に引き取られる。母は九州の炭鉱に出稼ぎにでかける。

このように、少年には家族はなかった。それでも寺山少年が愛着障害にかからなかったのには理由がある。彼は生来共感性が高かった。そうした逆境の中でも孤独に打ちひしがれずに生きていく力がそなわっていたからである。少年寺山は早くから俳句に目覚めた。そしてすぐに喩の世界に耽溺する。それは心の欠損を埋める唯一の手段だった。

少年は家族という安全地帯のかわりに「喩の世界」を安全地帯とした。

かくれんぼでは最後に鬼の主人公とマンホールに閉じ込められた子が同一人物だということが明かされる。つまり、そこから先がないのである。安全地帯はいいのだが先がないのがわかる。つまり喩の世界では先がない。関係性に発展しないということがわかったのである。ヘーゲル的な弁証法ではあれかこれかと悩む青年の自己意識から一歩先を目指す。

寺山は35歳で短詩系の定型詩におさらばする。それではどこに。

1979年に岸記念体育館で上演された『こども狩り』では「かくれんぼ」のマンホールの闇がいきなり用いられる。国際児童演劇祭の観客は主にこども達だ。入り口でむりやり親と引き離されたこども達はそのまま暗闇の中を歩かされ自分の席につく。そのまま闇は続く。音もしない。そのまま放っておかれれば大人でも怖くなる。たまらず、こどもの声「ママ、ママ、どこ」「ママ、怖いよう」。すると母親「ヨシ子ちゃん、ママ、ここよ大丈夫だからね」と返事する。しばらくは母と子の対話が続く。

そして、リズミカルな音楽とともにゆっくり明かりが灯る。フラットな舞台の中央に少女がシャボン玉を飛ばしている。上がっていくシャボン玉に灯りが射し虹色に光る。マンホールの蝶がここではシャボン玉に置き換えられている。舞台の世界では詩的言語の喩の世界から解放され、もっと先の世界を目指す。

水先案内人である原作者ジャック・プレヴェールに導かれて今度はルソー、コクトー以来の啓蒙的なストーリーが続く。「こどもたちよ自然に帰れ」と親の規制、押しつけ、偏見、権威からの解放を呼びかける。一旦安全地帯に到達したと思ってもその場所に安住してはならない。寺山はこども達に親離れを、家出の勧めをする。そうしないと元の世界に引き戻されてしまうからだ。行動の勧めである。ヘーゲルはそれを意思（Ｗｉｌｌｅ）と呼び、フランス革命に学ぼうとする。行為に裏打ちされた意思、実践理性（カント）こそが世界を変え得るのだ。ヘーゲルはドイツロマン主義の影響下にもあった。「より高く」はそのスローガンでもあった。

こども達はやがて巨大なドンクのバゲットの到来とともにそこに襲撃をする。そしてパンをちぎって母親、父親、大人たちにそれを投げつける。大人たちは舞台狭しと逃げ回る。そして混乱の中でこのこども劇は終わる。

「かくれんぼ」は寺山にとって単なるおとぎ話ではないことがおわかりいただけたであろうか。この作品は幼年期の多感な感性によって練り上げた彼なりの理論、ドゥルーズ＝ガタリ流に言えば「器官なき身体」を獲得するための方法でもあったのだ。

臓器を欠いた精神が生き延びる唯一の方法はアレンジメントである、と知るのもこのころである。その後、演劇、映画、様々な表現活動を通してそれを完遂する。

しかし、ブリヂストン美術館での寺山さんの「かくれんぼ」にはどんな意味があったのだろうか、という疑問は残る。今思えば、無理して背伸びをしてまで「かくれんぼ」をしようとして、もっと高みに行きたいという寺山さんの望みが隠されていたのではないか。それがマンホールに下ってゆくことと、拮抗したバランスを保つ方法ではなかったか、と思うのである。

第７章　岬から岬へ——隠喩の旅路

Ⅰ　津軽半島の地蔵信仰

川倉に「賽の河原」と呼ばれる場所がある。五所川原駅で津軽線に乗り換えて芦野公園駅で降りる。あたりは様相を新たにする。田園地帯を離れ、森がどこまでも続く。

芦野公園駅から２㎞ほど離れたところに地蔵尊堂と書かれた場所につく、そこが「賽の河原」のある場所である。大きな鳥居をくぐり境内に入る。中央に本堂の地蔵尊堂がある。左側には道の両側に石が積まれた塔がいくつも立っている。その道は下り坂になっていて湿地帯に通じている。

本堂の住職の話によれば、ある日天から光が降りてきて大地を照らした。その光は二つに分かれ、一つは「恐山」を、もう一つは「賽の河原」を照らした。「賽の河原」の地を掘ると、中からお地蔵さんが出てきた。恐山のほうは土地の霊性を祈り、この地では地蔵信仰が発生したという。中世の時代から、地蔵は現生と冥界の境に立ち、冥界に行くものを救うと信じられてきた。弱者を救い、若くして亡くなった者を救う。「賽の河原」では獄卒に責められる子どもを地蔵菩薩が守ってくれるのである。医学が今日のように発達していない頃の子ども達は成人するまでにかなりの困難さを乗り越えねばならなかった。

ルイ・アルチュセール(1)はそれを次のように説明している。

一人の男と一人の女から産み落とされた小さな動物を人間の小さな子どもへと変形する異常な冒険が、そのあとにも生き残った当の大人のなかに尾をひいている……。この小さな生物学的な存在が生き延びるということ、しかも、狼あるいは熊の子になって森に棲む子どもとして生き延びる代わりに、幼年期におけるあらゆる死のなかで人間としての死、人間になり損ねた死がどれだけ多かったことか。(『フロイトとラカン』、p38)

それほど昔の人は苦労して子どもを育てようとしたのである。それでも病や飢饉で亡くなる子の数は絶えない。今でもこの賽の河原では、その無念さが積まれている石や赤い風車に表されている。一方、中央本堂には地蔵本堂がある。なかに入ると2000体の地蔵が収納されている。毎年6月に境内で祭事が執り行なわれ、弘前市内に在住する2人のイタコが口寄せをするという。

境内の右側には比較的小さな建物がある。住職に立ち入り許可をもらって中に入ると、そこにはたくさんの男女一対になった人形が陳列されている。各人形には男女それぞれの写真が飾られている。そして、彼らの命日と年齢が記されている。それが何百とあるのだ。

つまりそこは死後婚礼の場所であった。死後婚礼は冥婚とよばれ、異性間で生前には知り合いでなかったもの同士が、生者と死者に分かれ婚姻をするという習俗。あくまで法的な関係はない。陰婚とも鬼婚、幽婚ともよばれる。これまで神話や伝説の中には、婚姻に至らなかった男女を添わせ成仏を願うというものがあった。

古代エジプトのイシスと太陽神オシリスの死後婚はよく知られている。この神は生死と分けられていても、夫婦の交わりにより子のホルスを誕生させている。

一方、ギリシャ神話においても、生者ペイリトオスは大神ハーデスのいる冥府に赴き冥界の女王ペルセポネーと結ばれようとするが果たされなかったという話がある。

習俗としての冥婚は東アジア、東南アジアに多く存在する。そこでは死者を弔うときに、彼らの魂がまだこの世にあるうちに、両親が見立てた相手と婚礼をあげさせ、夫婦とし、死の世界に送り出すものである。対象の死者は原則として未婚の男女である。

現代の日本では青森県と山形県でこの冥婚は行なわれている。

しかしこのように死者の崇拝を考え出したのはいつごろからだろうか。そもそも死は単なる消失以上のものである。もちろん死ねば、肉体は腐敗しはじめ、やがて腐臭を放ち、ウジ虫が大量に発生する。それに立ち会えば、人間が滅びやすいものであることを思い知らされる。そのことだけを捉えれば人間は無力である。そのことをいやというほど思い知らされる。それに屈しない方法を考え出さねばならない。

「死者の埋葬の慣習のうちに、この死という自然の審級を乗り越えようとする集団的努力を見ることができる。もし死が勝利したら、集団も社会もその破壊力に屈し消滅してしまったであろう」（J・デュヴィニョー(2)『無の贈与』p83）。

この習慣は、その社会が適切にその保存を維持するために、この埋葬行為を通して各人各様に公共生活の中に取り込んでいく。この破壊に対する闘争は、ただ単に無を払いのけるだけのためにあるわけではない。これらの儀式は同時に集団の共同生活を活気づける。そして集団の儀式を通してその集団は一つの組織として制御がなされるようになる。そしてその先には祭りが現れる。それを執り行なうのは指導者で仮装したり変身したりする。それはアノミー的な人間が執り行なう。そうしないと儀式からうまれた象徴的権力を掌握できなくなるからである。滅びやすい肉体を持った人類が、儀式を通して永遠的なものを作るという逆説に至りえないからである。

Ⅱ　恐山の巫女

寺山の作品に「恐山――ラジオのための叙事詩」というのがある。

少々長くなるがストーリーを紹介しよう。

主人公の良太は10年前に恐山のふもとの村から家出した。それから10年間、ボーイ、皿洗いなどの仕事をして食いつないだ。いつも恐山のことが頭から離れなかった。10年後に故郷に帰ってきた。早速、良太は老人の話を聞きに行く。老人は良太に生まれ変わりの話をする。

その話の主人公は源作という。源作は以前茂吉といい、6歳で亡くなった。茂吉は棺桶に入れらればどこかに運ばれた。そこは畑の中。茂吉は棺桶から出て一本道を2日2晩歩いた。出会った爺さんは元の家に帰れという。茂吉が目を覚ますとそこは鍛冶屋だった。彼の名は源作だった。母は源作が生まれた時からここにいるという。それを聞いた良太は嘘だという。源作は小学生のときから良太の同級生だったからだ。老人によれば、源作はお彼岸に母と再会できてうれしいと涙を流していたという。良太は源作には何人もの母がいることになると反論。

日照りのせいで良太の家は土地を売る羽目になった。良太は、母の赤い櫛を外に埋める。すると土地の中から人の声で、寝ろ、寝ろと。良太は恐山に、土地を返せという。毎年、良太はねぶた祭の3日間、親類の和子の家に行く。2人で海岸に行くのが楽しみだ。良太は和子に話を聞かせる。欅の木の下で子どもたちが追いかけっこをしていた。男の子は女の子をいつまでも捕まえられない。あの木には何か由来があるからだ。その由来とは、昔百姓の良太が和子という年上の娘を好きになった。和子には恐山の向こうの漁師のところに嫁に行くことになっていた。良太は和子に自分は和子が好きだと告白。しかしそれは受け入れられず和子は嫁にいった。良太は婚礼の夜、欅の木に首を吊って死んだ。それから、男が欅の影を通ると良太の亡霊が乗り移る。和子はその話を本気にする。良太は作り話だという。
ある月夜の晩、良太は恐山に上る。盲目の巫女がいた。良太は見えないものはないのではと問う。巫女は、この世は見えているがない、あの世は見えないがあるという。カラスが集まり、良太の体はしびれてくる。気がつくと老婆が岩を拾っていた。良太が橋を渡ろうとすると、川が逆さに流れ、新聞紙に包まれた赤児たちが、賽の河原に流れていく。良太はそれを追いかける。賽の河原には子仏たちがいた。良太は納骨堂に行く。和子と呼ぶ。和子は歌っている。和子は好きなのを知っていて死んだ。和子はこれが本当か、夢かと問う。良太は夢だと答える。そして良太は目が覚める。夢は現実で、現実が夢である。良太は恐山の嘘つきと叫ぶ。

この物語では、主人公の良太は和子という年上の女性に恋しているが、片思いでしかなく悲恋に終わるという話だ。それだけでは単なるロマンチシズムかナルシズムの話でしかなくなる。それを昔話の中に閉じ込めてみたり、恐山の巫女の死者の口寄せを絡めてみたりしているが、物語の構造としては弱いと言わざるを得ない。悲劇の誕生を表現するなら、ソフォクレス(3)の『オイディプス王』のように真実を明らかにするロゴスの力を信頼するしかない。

社会的制約、タブーさえも超えた真実を描くはずだ。

この物語では、二人の関係はメインテーマとして描かれていない。寺山は西欧演劇のルーツともいえる悲劇にはあまり関心を示していない。むしろ儀式や習俗に関心が向いている。

それは恐山の巫女の話、シャーマン的世界の実在性を描くことに主眼が置かれていることからもいえる。

ここでは、生の世界と死の世界は本来別々にあるのだが、巫女の介在によってつながることができる。それはギリシャ悲劇の神々の世界とこの世を結び付け真実を現すロゴスを介在させるシャーマンのそれとも異なる。詩人寺山修司はあくまでも喩の世界の中で飛び交うイメージを描きたかったのであり、男女の関係を関係性として描こうとしたのではない。

死の世界さえ喩としてある。死は生と対立していない。死は夢と一緒なのである。永劫回帰として円環的時間論と直線的な時間論を統合させてみたニーチェの『ツァラトゥストラ』のような弁証法に昇華されない。ただ、言葉のイメージが遊戯しているのだ、個々の世界はそれなりに詩的な画像となって美しい。しかし、そこにはなんとも打ち消しがたいニヒリズムがあることも確かだ。

注

（1）ルイ・アルチュセール（1918―1990年）フランスの哲学者。マルクス主義、構造主義的な視点で『マルクスのために』『資本論を読む』を著す。哲学は科学の科学であると規定。高等師範学校教授。他に『政治と歴史』『自己批判』『哲学について』『フロイトとラカン』がある。

（2）ジャン・デュヴィニョー（1921―2007年）フランスの社会学者、演劇評論家、人類学者。著書『祭りと文明』『俳優』『無の贈与』『遊びの遊び』。

（3）ソフォクレス（BC496―BC406年）古代ギリシアの三大悲劇詩人の一人。生涯120編の戯曲を書くが、現存するのは7編。『アンティゴネー』『オイディプス王』『トラキスの女たち』など。アテネで開催された悲劇大会で最も称賛された作家。

第8章　舞台演出家ニコラ・バタイユ

1972年9月のある日、サンミッシェル広場の近くにあるユシェット座で『禿の女歌手』という劇を見た。このころ学生だったわたしは、コメディーフランセーズでモリエールの喜劇作品を観るようにしていた。観る前にモリエールの作品を読んでから出かけた。半分はフランス語の勉強だったと思う。しかし観ているうちに他の作品も観たいと思うようになった。そして学校の帰りに小さな劇場を見つけ飛び込んだのだった。だから作品の知識もなかった。この作品はイオネスコが戯曲を書き、ニコラ・バタイユが演出したとパンフレットに記されている。ニコラはこの作品が上演されるとすぐに有名になった。

ストーリーは簡単である。

ロンドンに住むスミス家の居間でスミス夫妻がとりとめのない会話を交わし、やがて眠くなり床につく。そこに遅れてきたマーチン夫妻が加わる。メイドは失礼な対応をする。マーチン夫妻は、まるで初対面であるかのように話す。ところが、会話が進むうちに二人が夫婦であることが判明し、再会の喜びに浸る。翌朝四人が会話を交わしているとベルが鳴る。四回目の後、スミス氏が玄関へ行く。消防署長がいる。ベルを鳴らしたのはだれか、議論になる。話がかみ合わず、署長は火事が起きてないか聞く。そして寓話を披歴する。そして、女中と署長が知り合いだということがわかる。女中は詩を読む。みんなほめる。署長は帰りぎわに「禿の女歌手は」（ブロンドの女教師というべきところ）と言って、帰る。観客はこの表現をきっかけにぶつぶつ言いだす。訳のわからない会話と設定にイライラしていたのが、この表現をきっかけにして冷やかしの表現をするようになる。そのあとも四人の不確かな会話が続き終わる。

評論家であるミッシェル・コルバンに言わせると「登場人物は、ロボットのように機械的に生きながら社会体制に同化した人物を代表する」ことになる。私はむしろこのころに読んだ『ゴドーを待ちながら』に似ていると思った。

西欧文明のエスタブリッシュメントにたいする皮肉・批判の表現があり、それを言語の解体を通して行なっている。そこにニヒリズムを見ることもできるが、むしろユーモアを見出すべきだろう。ちなみにサルトルはイオネスコのこの作品には、フランス語の劇表現としては不完全なものであると、冷ややかな反応をしていた。サルトルはこの時にフランス人として自国の文化を擁護しようと保守的な反応をしている。このときイオネスコはフランス文化の外に置かれている。そこにサルトルの哲学の独我論を見ることができる。この姿勢はカミュ vs サルトル論争（『反抗的人間』についてサルトルは主張が曖昧と指摘。カミュは非暴力的反抗を主張）にも見ることができる。

確かに1950年ノクタンビュール座の初演の評判は良くなかった。そのあとユシェット座に移り徐々に評判が広がり、56年ごろになってやっと評判になった。いまでも続いているということは、70年続いているのだからたいしたものである。

ニコラはそのあと、映画俳優としてルイ・マル監督の『死刑台のエレベーター』（58年）『地下鉄のザジ』（60年）に出演している。舞台ではロマン・ヴェンガルデン作の『夏』を演出している。その後毎年半年は日本に滞在し演出家として演技指導の活動をしていた。

NHK教育テレビのフランス語講座にも出演していた。わたしはその番組でフランス語を学び始めたので、彼はわたしにとって最初のフランス語教師と勝手に思っている。他にフランソワーズ・モレシャン、丸山圭三郎もいた。この三人のコンビの呼吸が合っていたので楽しく番組を見ることができた。

わたしは1973年秋に帰国して、すぐに日仏学院に入りなおした。せっかく学んだフランス語を忘れないためと、もっと上手になりたいと思ったからだ。フランス語の講読の授業で小説『祭り』（ロジェ・ヴァイアン作）を読んだ。教師の解説がわかりやすく楽しく学べた。次に演劇の講座を取ることにした。そしてプログラムの教員名にニコラ・バタイユという名前を見つけたのですぐにそれを選んだ。ニコラ先生の講座では毎年舞台作品を一つ選び、配役を決め、稽古し、上演する。

ワークショップと言っていい。ただそれをフランス語でやるのである。だから、この講座は上級者向けである。あまり自信はなかったが何事も経験と思ってやることにした。

最初の年はエリック・サティの『メデューサの罠』である。軽快なピアノの曲に合わせて舞台は進む。セリフのない舞台なので、わたしたちの出る幕はない。ただ観ているだけである。でも観ていて実に楽しい。毎回稽古の度にサティの曲に触れるだけで体が軽くなっていく。そしてこの作品がどうなっていくのだろうという期待もある。

ニコラ先生は我々生徒に、目の前で作品の構成がどういう風になっているのか一切説明はしない。ただ、毎回稽古で演技の指導をするだけである。ただ、毎回劇のどの部分を練習するか明かされないので、出演者にとってはきついかもしれない。それでも、わたしはワクワクしてきた。この作品がどうなっていくのか楽しみになってくるからだ。

そして、ニコラ先生は公演日の近くになって各パーツを統一させていく。みんなもやっと頭で納得したようである。この舞台にはセリフがないので余計に筋が追えない。身体を使った演技が演劇だとすれば、言葉をカットしたこの舞台は演劇のエッセンスを知るうえでとても役に立った気がした。公演当日は在日フランス人も観に来て盛況であった。後で知ったのだがワダ・エミさんもこの舞台を観たという。のちにニコラ先生は我々生徒に、この公演についてフランス語で記載されている正式公演記録を見せてくれた。

翌年はレイモン・クノーの『文体練習』だった。これにはわたしも参加した。ところがセリフが難しいこともあり、なかなか覚えられない。他の連中はとっくに自分のセリフを覚えているので、わたしのセリフまで覚えていて、わたしがつかえると直してくれる。みんながプロンプター役をしてくれる。しかし、わたしには少し迷惑なのだ。稽古は自分の役作りなので過程が大事なのである。誰かが代わってやれるというものではない、と思ったので、ニコラ先生に相談したら、気にしないで役作りに専念しろ、と言われ、そうした。

そして、何とか公演を迎えることになった。他の出演者はみんな余裕の表情をしている。わたしだけが心配でドキドキしていた。集中力を高めようと一人になった。スポーツ選手の試合前の気持ちと一緒だ、と思った。実際に公演が始まると不思議なもので、セリフはすらすらと出てきた。それだけでなく出演者がセリフを飛ばしても、それに引き込まれることなくむしろ助け舟を出す余裕すらあった。わたしはそれまでの舞台の流れを変えるべく、すこし観客の側に足を数歩進め、自分に観客の注意が向くようにした、その間セリフはないので。次に何が起こるのか期待が高まる。それを受けて私は声を少し大きくしてセリフを放つ。すると、友人はすでに立ち直っていて後の舞台がスムーズにすすんだ。

こうして、公演は無事に終了した。わたしはこの公演を通して、演劇の楽しさが少しわかったような気がした。そして翌年の作品に何をしようかという話になった。そこでわたしはアルトーの作品はどうかと提案した。アルトーの作品の上演は聞いたことがないので、ニコラ先生がどういう演出をするのか見てみたいと思ったからだ。ニコラ先生はそれなら『ヴァン・ゴッホ』がいいと言った。

そして、翌年『ヴァン・ゴッホ』の公演の稽古が始まった。ニコラ先生はこの間、作品の構成を考えて、上演用の台本を作っていた。原作はゴッホの生涯についてのエッセイで狂気と芸術的直観について論じているものだ。観客にはそれを一度聞いただけで理解できるように構成しなければいけない。

実際にニコラ先生が用意してきた台本はかなり難解に見えた。原作を再構成しており、一読しただけではなにを言っているのかわからない。しかし、これまでの作品だってそうだった。だからこそ各作品の上演のために稽古をし、作品の世界に自分の体でぶつかっていき、体得していく意味があると思った。

この作品では特にそれが際立っていた。ただですらセリフ覚えの悪いわたしなので、セリフを頭に入れるのに四苦八苦した。一行覚えたと思ったら、次の行に行くとそれが飛んでしまう。ましてやほかのセリフはまったく聞き取れない。余裕がないのである。それでもニコラ先生は余裕である。心配ないという。

稽古も後半にかかると少しずつセリフも入ってきて、周りの人のセリフが聞こえてくるようになる。少なくともきっかけとなる単語が耳に残るようになる。それは大事なことで、他人のセリフをきっかけにして自分のセリフが始まるからである。

筋をあらかじめ頭に入れておいて、それができればよいのだが、まだチンプンカンプンのままなのである。ただ、フランス語の音を頭に入れていくのである。つまり、生まれたばかりの赤ん坊が音を聞きながら言葉を覚えていくのと同じ作業をしていることになる。

それが頭に入ってくるようになると、意味も少しずつわかるようになる。いや、意味がわからないからセリフが入らないのだという人もいるだろうが、ニコラ演出は違うのだ。彼は台本を一旦バラバラにして、各パーツをそれぞれ独立に稽古していく。普通ならそこから全体の流れが稽古をしている役者にわかるようにするのであるが、彼はそうしない。彼は最後まで作品の全体が見えるのを避けるのである。作品に生命を吹き込むのは最後である。それまでは役者はロボットのようである。ロボットから人間に変化するには魂がいる。それには言葉、身体、仕草、動作、顔の表情などすべてが意味を持たなければならない。

ニコラ先生はその仕上げを最後に行なうのである。それは職人的な作業であった。細部にわたって微調整をすることによってわたしたちロボットに魂がはいり、人間になるのである。稽古中にニコラ先生はその昔アルトーと会って話をしたことがあると言っていた。その時の対話から彼の演劇観が生まれたのである。アルトーの演劇とその分身には部分と全体の二重性を超えていく方法が示されている。

ニコラ・バタイユは『禿の女歌手』の演出で、その手法を用いたとわたしは思う。あくまでも不条理なセリフをそのままにしてあえて統一的な意味を与えない。不条理さそのものを提示する。この暴力的なプロセスは当時のフランスの文化社会的な文脈のなかで大きな意味を持った。強烈な力をもって確立されようとする西洋ブルジョア社会に対する批判的挑戦として、当時さまざまな運動がおこった。トリスタン・ツァラによるチューリッヒにおけるダダイズム宣言、アンドレ・ブルドンによるパリのシュールレアリズム宣言、ベルトルト・ブレヒトのミュンヘンやベルリンを拠点にした叙事的演劇。アルトーはそれらの運動から離れて残酷演劇を提示した。そして、アイルランド出身のベケットやルーマニア出身のイオネスコがフランス語で戯曲を書く。

そうした状況の中でニコラ・バタイユは『禿の女歌手』の演出を手掛けるのである。彼の演出はそれまでの西洋演劇の文学的な台本を中心にした、ブルジョア演劇を解体しようとした。そして、それをイオネスコの作品の演出の中に実現した。

わたしは、『ヴァン・ゴッホ』の作品上演のなかにニコラ・バタイユの天才に触れることができた。アルトーが日本の演劇に親近感を持っていたように、ニコラは毎年日本で暮らしながら演劇活動をつづけた。

晩年の寺山修司はある日、急にニコラ・バタイユについてどう思うか聞いてきた。わたしは、彼がわたしの演劇の先生であること、そしてその演出について話した。そうしたら、寺山もニコラの仕事を高く評価しているといった。それ以上は深く話さなかったがわかるような気がした。

第9章　グロトフスキー・システムとの出会い

オディン劇場と天井桟敷については前に触れた。オディン劇場はユージニオ・バルバがグロトフスキー・システムを実践するために、デンマークのホレステブロ市を拠点にして活動している劇団である。

20世紀の演劇理論というと「スタニスラフスキー・システム(1)」、ブレヒトの「叙事的演劇(2)」、そしてグロトフスキーの「プーア・シアター」、ピーター・ブルックの「何もない空間」、アルトーの「残酷の演劇」となる。

その中でもグロトフスキーの「プーア・シアター」は寺山修司を強く引き付けた。

スタニスラフスキー理論はアメリカで一世を風靡し、日本では新劇の理論的基盤をなしているが、それには寺山はほとんど関心を示していない。彼はブレヒト、ベンヤミンにも冷淡だ。グロトフスキーと同じ主張をしているピーター・ブルックも買わない。アルトーの残酷の演劇は理論だけが先行し、実際には評価されたためしがない。舞台上で表現が可能となる演劇理論としてはグロトフスキーが当時の寺山の唯一の関心事だった。

実際に、彼は天井桟敷の団員と１９７２年にデンマークのホレステブロ市を訪れオディン劇場のワークショップに参加している。

このオディン劇場の主導者がユージェニオ・バルバである。劇場といってもそれは今でいうワークショップを実行するグループで、町の子ども達の教育やフェスティバルの企画・運営をおこなう集団である。そのコンセプトをホルステブロ市が買い、財政的なサポートをしている。今ではさほど珍しくはないが半世紀前では画期的なことだった。デンマークは小国だが福祉、子ども教育の分野では世界の先駆けとなっている。このオディン劇場の理論的基礎をなしているのがグロトフスキー・システムである。そこでグロトフスキーについて少し紹介しよう。

テキストとしては『実験演劇論――持たざる演劇を目指して』がある。この本を編集・出版したのがバルバである。英語のタイトルは"TOWARDS A POOR YHEAYER"とある。このタイトルが重要である。それは「紛れもない演劇」のことである。俳優の演技力が最重要視される。

過去の演劇を見てみると、Ｃ・デュランはリズム訓練を重要視した。Ｆ・デルサルトは人間の感情表出を重要視し、外向的・内向的リアクションの研究をしている。有名なＣ・スタニスラフスキーは、心と想像力などの内的表現力を駆使して役柄の思考や感情を表現し、またそれらを外化し身体的に表現している。

これらの表現方法はヘーゲルの自己意識のように弁証法的に無限に発展していく。

プーア・シアターはまず役者の仕事に特化する。つまり役者としての成長に集中する。そして役者の心理と肉体の統合を目指していく。そのためには否定法を用いる。余計なものをそぎ落とす。身についた余計なものをそぎ落としたら、その次に筋肉や内的衝動の力を借りて凝固した表情を作る。変身効果をあげるためである。

プーア・シアターはこれまでの西欧演劇のように戯曲中心ではなく、俳優の抑制された身振りが要となる。劇にとって本質でないものははぎとられる。知覚力を備えた演劇は挑発の場を生み出す。そこでは、型にはまった感情、判断は侵犯を受ける。この違反行為が観客の仮面をはぎとり、ショックを準備する。

それにはこれまで宗教的にタブー視されていた状況を利用する。それが方法的に成就したとき心理学や文化人類学的知見と遭遇することになる。

まず神話と向き合ってみよう。かつて演劇は宗教生活の一部であった。演劇が神話を超越することで部族の宗教的エネルギーの軛から人々は解放されてきた。観客は神話の中に真実を見出し、畏怖と聖なる感情を通じて自らを浄化することができた。

今日、神話はとっくに消滅しているので、観客は個人となり孤立している。神話と集団の同一化は不可能だ。

ではどうすればかつてあった神話に生気を注ぎこむことができるのだろうか。それは肉体の知覚力に訴えることによって可能となる。演劇的記号を用いると有効だ。記号は我々現代人の行動の根本的形式をなし、役の結晶化に寄与し、役者の心理・生理学的表現を導く。

プーア・シアターは全ての伝統と対立しながら、役者の力を借りて、比類なさ、親密さ、生産的なものとなる。それには役者の可能性を極限にまで追求することが必要となる。それがわたしという人間的個人の成長を可能とする。役者と演出家はともに生まれ変わっていく。

そもそも観客にとって演劇とは何であろうか。一般的に劇場に通うときの観客はそこに娯楽の対象、欲求不満の代償を求めている。しかし、文化的向上を求める観客は悲劇を見たがる。そのためには役者の力が重要だ。彼らに魅力が備わっている必要がある。でも創造的な演技のできる人はわずかである。引き算ができない人はなれない。究極的にそれがなければ演劇とは言えないものを発見できる人が役者といえる。

そういう役者をどのようにして養成するか。まずは、自分の肉体を使って公然と仕事ができる人を選ぶことだ。それは、ただ自分の肉体を誇示するのでなく、差し引き、燃やし、犠牲として自らの肉体を供することのできる人である。

身体のあらゆる箇所、すなわち頭、胸、鼻、歯、咽頭、腹部、脊椎などを用いながら、なにかをするというのでなく、なにかをすることから身を引く、献身するのだ。クライマックスにおいて自己贈与し、イデオプラスティック（彫塑性）の現実化を目指すのである。なお、この彫塑性の概念については、哲学や演劇論、生物学、神経科学の分野において注目されているので後述する（第10章）。

役者は、人間の深奥にある核を贈与として捧げなくてはならない。そのためには自分に課せられた役柄を利用する。そして演技の完遂、一貫した行動、肉体の開示がなされる。それには、無為の姿勢、受動の自在さを保ちつつも心身の集中力が要求される。それを恍惚という。恍惚とは、特殊な演劇的方法によってなされる集中力のことである。それは最低限の積極的な意志力によって達成可能である。

演技は、あくまでも外的な表現にみがきをかけることによってなされる。それには音声と身振りが関与する。それは彫刻家の仕事に似ている。はっきりとはとらえられないが、輪郭がぼんやりととらえられる形式を意識的に探り出そうとする。

その一方で、それをキャッチできる観客が必要となる。観客は、精神的な欲求を持ち劇場にやってくる。舞台と対峙しながら自己を分析し、自己の発展過程の中で、自己の真実、使命を探し出そうとする人である。

それらの関係がうまく運ぶためには役者と観客の間の距離が問題である。距離があまり空きすぎると共犯関係が成り立たない。それには近くにいて、息づかいを感じ、臭いをかぐことができなくてはならない。

この関係は宗教的な関係ではない。誤解されやすいのだが、それは表現行為のなかで、自己犠牲の行為を果たせるかということである。それはあくまでも目標であって果たせるかは二義的なことである。それは役者にとって負担となろうが、それなりの覚悟をもってやれば可能である。また、宗教が衰退した今日では、仮説的な祭事をつくり出すことが求められよう。

またこうした役者への要請に応えるようになるには14歳以下からはじめる必要がある。感受性のあるうちに優れたものに触れさせることだ。貧しさと権威の下で教育を受けさせる必要がある。

以上がプーア・シアターの簡単な概要である。

寺山は全共闘運動の混乱がまだ冷めやらぬ１９７０年代初頭に「プーア・シアター」の方向に舵を切ろうとしていた。グロトフスキーのなかにはシステムとはいえあまりにも儀礼的、祭祀的であると敬遠する人たちもいたが。この時はまだ寺山も東北的な民俗性をたっぷりと保持していたので、障害にはならなかった。まだ西欧的な近代的な都市の演劇に舵を切ってはいなかった。それに、バルバのなかにもシチリアの演劇の影響が強く残っていたので、当面はこの前衛的な劇団の手法に大いに感化されたようである。

バルバは最初船乗りだった。あることをきっかけに演劇に興味を持った。ユネスコの奨学金でポーランドに行った。そのとき偶然グロトフスキーに出会う。そして、オポーレにある実験劇場でグロトフスキーの助手となる。そこで3年間働く。その時の経験をイタリアで本にする。

バルバは１９６３年、ＩＴＩ（国際演劇協会）の総会で、グロトフスキーの活動を紹介した。それがきっかけになり世界中の人々がオポーレの実験劇場を訪れるようになった。

グロトフスキーは１９６４年にジャック・ラングが主催するナンシー演劇祭に審査員として招かれる。翌年は団員とともに招かれ、俳優訓練の仕方が披露された。その後、グロトフスキーはニューヨークに招待されシェークナーに会っている。そしてイギリスではピーター・ブルックと交流している。

一方、バルバはその後デンマークに渡り、ホルステブロ市に拠点を移し、そこでオディン劇場を立ち上げている。デンマークはもともと福祉が進んでいる、そこで演劇と福祉の提携がなされている。バルバは演劇活動を通して子どもたちの教育、地域の活性化イベントの企画・制作にあたっている。それだけでなくユネスコの援助を得て、アフリカの未開民族との交流、インドにおけるカタカリ・ダンスとの交流などを行ない、文化人類学的演劇を推奨している。またイタリアでは演劇による精神治療の実践にあたっている。

わたしは、１９６９年に国際児童演劇祭の演出部長をしていたこともあり、このオディン劇場を日本に招いた経験がある（第１章参照）。

８月この演劇祭に参加が決まった。横浜市の公園で長洲一二神奈川県知事主催の前夜祭が開かれた。オディン劇場も参加することになっていた。ところが、夕方になってもオディン劇場が会場にやってこない、あたりは薄暗くなりつつあった。会場にはかなりの観客が集まっていた。当日参加するはずの天井桟敷も街頭劇を披露するはずだった。ところが肝心のオディン劇場が来ないなら、天井桟敷も参加しないと言い出した。成田からのバスが夕方の交通渋滞に見舞われて時間を大幅に遅れて到着した。彼らは到着するとすぐに着替え、知事の開会の挨拶が済むと、会場に登場した。役者たちは小太鼓を高らかに鳴らし、アクロバティックな動きをして公園内を練り歩いた。薄暗くなった公園内にしばし喧騒が走る。遠いヨーロッパのカーニバルの雰囲気がして、これからの当演劇祭の雰囲気を大いに盛り上げてくれた。

そのあとオディン劇場の公演は国立代々木競技場第二体育館でデンマーク体操と称して劇が披露された。３０００人入る会場に子どもの観客は90人と制限されている。それでも広い会場を十二分に使って音楽、ダンス、芝居が展開される。極めて前衛的なその演技に子ども達の反応はさまざまであった。観客席はフロアーより10センチほど高くなった台の上に設けられていた。普通ならばそこから降りることは禁止されていると思うものである。ところが就学前の子ども達は公演の半ばまで来ると我慢できずに台を降りて、思い思いに踊りだすのである。手を肩よりあげて踊るもの、手は下げたままただ足でステップを踏むものとさまざまである。その子ども達の動きは役者たちの動きとどこか呼応していて、新たな舞台空間を形成していた。わたしは、この子ども達の自発性に感動した。またそうした動きを引き出したオディン劇場の公演に感動した。まさに持たざる演劇の世界を目の当たりにした感動を覚えた。

バルバとはそれから10年後に再会した。「東京国際演劇祭'88池袋」準備の最中であった。新宿の「火の子」というスナックで山口昌男と一緒だった。バルバは日本の前衛劇団にはまったく興味を持っていなかった。能、歌舞伎、文楽などの伝統劇しか眼中になかった。山口さんは「橋の会」で能の公演を企画しているのでバルバと話が合うようだった。私はこの演劇祭にはスペインのエル・コメディアンツを呼ぶつもりだと話した。彼はそれにはコメントしなかった。このスペインの劇団はバルセロナの劇団でやはりカーニバルを得意とする劇団である。のちにバルセロナ・オリンピックのオープニングセレモニーの演出を担当した実力者集団である。

寺山はこのグロトフスキー・バルバにいたく肩入れしていた。なぜだろうか。これは私見でしかないが、彼はいわゆる西欧演劇、ブルジョア演劇には興味がない。戯曲をうまく演出してそれを観客に鑑賞してもらう。それだけでは彼にとっては文学的表現の延長でしかない。何らかの意味で劇的な表現、事件にならなくては、非日常的な時間は訪れない。かつての儀式・儀礼に代わる上演が表現の対象になる。といって、能、歌舞伎、文楽では今という時間性が生じない。それが可能となるには、役者の身体性を媒介にしなければならない。持たざる演劇は寺山にとって飛びつきやすい対象だったに違いない。

この時期の寺山は都市の演劇をイメージしていたので、プーア・シアターは魅力的に映った。ブルジョア演劇でも、社会主義リアリズムでも、叙事的演劇でもない、前衛演劇と映ったのである。のちに、山口昌男が指摘するように、農村の土着的な演劇のイメージはなかったのである。そのことに気が付くのは晩年になってからだと思う。

注

（1）スタニスラフスキー・システム　ロシア・ソ連の俳優・演出家のスタニスラフスキーが提唱した演技理論。俳優の心理操作法をもとに、人間の無意識的な創造力を重視した「役を生きる技術」を奨励。演技論においては内的生活を作り上げることを重視。身体的行動のメソッドでさらに演技を精緻化することに成功した。

（2）叙事的演劇　ドイツの劇作家ベルトルト・ブレヒトが唱えた概念。アリストテレスの唱えるカタルシスの演劇を否定し、観客に冷静で批判的な視点を与えるべきとした。感情移入を妨げる異化効果の導入を重視。

第10章 彫塑性の演劇――観客にとって美とは何か

I 観客との距離

レジャー産業の出現で、スポーツ、映画、テレビ、コンサート、いわゆる芝居（歌舞伎や新劇も含む）などは、かつて存在していた演劇に取ってかわった。それらはあることを表現しているだけでなく、多くの情報を伝達する役割を果たしている。たとえレジャー産業の機構が均一化されすぎていて、そこで繰り広げられる情景が個性的であるなどと、とても言えないにせよ、ともかく多くの人たちは現場に足をはこんでいく。これらの産業が対象とする領域は一様に、現代特有のスピードにマッチしているといえよう。

マルティン・ハイデッガーはこの時代の特徴をとらえて「距離を縮めることにある」と言っているが、まさに現代は距離や時間を縮めることに、ひたすら精勤し、努力している。映画やテレビの観客はどこまでも画面に近接してゆくことが可能となった。その結果、茶の間にいながらにして、私たちは、カメラが血管のなかに入ってゆき、血液細胞の活動を写すのを見ることができる。また、金星や土星の映像が、接触後わずか数十秒後にテレビ画面に捉えられる。私たちはさながらSF小説の世界を現実のものとして経験するのである。それに、このことこそ重要なのだが、私たちは茶の間というごく日常的なありきたりの場所でそれらに接するということである。

このような映像表現の世界に比較して、演劇はといえば、相も変わらずスローモーである。場面の展開や演技は、ちょうどテレビに映し出される野球や相撲の実況中継のスローモーション・ビデオのテンポで進行する。時代遅れ感なしとはいえまい。少し前までは能、歌舞伎、人形浄瑠璃を観に行く客はお年をめした人たちと決まっていた。相当の年輩の人でも最後まで見通すには、かなりの忍耐を必要とした。それでも劇場へ足をはこんでゆくもの好きがいるとしたら、そういう人たちは演劇に特別の関わりある人たちかその縁者、または個人的な関心を持つ人たちであろう。演劇に実際に関わりある人たちはさておいて（彼らの職業的倫理を尊重しよう）、個人的に特別の関心を持つ人たちとはどのような人種であろうか？

今ではもうほとんど見かけられなくなった常設の芝居小屋、地方で催される祭に呼ばれてお宮の境内で開演する旅回り劇団、そして何やら怪しげな口上で客を呼び寄せる大道芸の数々。それらのほとんどは芸能として、技術的にさしたる能力をもたなかった。それにもかかわらず今日なお私たちに強いノスタルジーを起こさせるのはどうしてであろうか？　映画監督のフェデリコ・フェリーニは、『道化師』に幼かった頃の彼自身を登場させて、サーカスが彼に与えた精神的ショック（フランソワ・トリュフォーも、『アメリカの夜』のなかで、幼かった日々の自分がどれほど映画に魅せられていたか）を告白している。彼らの表現には、言葉では説明しきれない微妙な感情がつきまとっていた。

かつて、J・P・サルトルは、演劇には絶対に近づくことのできない距離が存在するといった。舞台と観客とは、ある埋め難い距離によって隔てられているというのである。この主張は今日の演劇状況からすれば、少々古めかしく思われよう。たとえ、額縁《プロセミアム》式の舞台を解体して、上演の場所をテントのなかや街頭に移しても、この距離はやはりなくなるまい。むしろ、演劇の役割は、距離や時間を縮めることのできない、ある絶対的な隔たりを生産することにあるのだ。今日、映画においてもこの隔たりが問題になってきているが、この点は触れない。

幸か不幸か、レジャー産業は、懸命な拡大再産業の努力にもかかわらず、その未来に一条の翳りが見えてきた。若者の間には、既成の商業的演劇（ウェルメイド・プレイ）や商業的映画から離れて、手作りの演劇や映画製作に情熱を燃やす人たちが増えてきている。また、日本の古典劇に関心を持つ人たちは日毎にと言えるほど増加しており、それを上演する会場は若者の熱気で溢れ、かつてないほどの活況を呈している。この現象が一時的なものかどうかは今後注視してゆくとして、とにかく歓迎されるべきことと言えよう。

距離の近接によって生じる「あんたが主役」は、じつはコピーライトが上手であるという商業的な判断を許容するだけではなく、それは同時に表現（当面は自己表現として）の主体の所在を曖昧にさせる。そういつまでも私たちは従順でいるわけにはいかない。私たちは「あんたが主役」であるという言葉によって惑わされていたことに少しずつ気づいてきた。表現する人と観客との関係が曖昧になることで、ますます安易に作品の企画と製作が行なわれ、観客も直接そこに参加する作品や番組が増加してきた（そのことによって人々のエネルギーが作品に反映される面もあるが）。観客は凡庸な作品を見ることを日常的に強いられてきた。いまそれがいやになったのである。

ところで、私たちはいま、観客の立場から、この近接不可能な距離が何を意味するか追求してゆき、その方向で演劇の本質がどこにあり、観劇に特有な美意識がどのように生じてくるか、その原点を見つけ出そうとしている。そのためにはＭ・メルロー＝ポンティの勧めに従って（『眼と精神』）、古代へ遡り、アリストテレスの思想に立ち帰って、観照することの身体的な意味を検討してみることにしよう。

Ⅱ　身体としての人形

１９７８年10月、ベルギーのリエージュで第21回国際青年演劇祭が催された。この演劇は毎年リエージュ市の文化局が主催し、ロベール・マレシャルという人が組織している。この催しの特徴は、過去１年間における各国の演劇祭で注目された劇団を選んで招待している点である。この年はフランスからはクルヌーヴ青年劇場が参加してレイモン・クノーの『スタイルの訓練』という俳優訓練劇を上演していた。カナダのケベック民衆劇場はロラン・ルパージュの『生命の時間』をブレヒト的な手法で上演して観客の注目をあびていた。また、フランスのコンパニー・ド・リエールがフレーズ・サンダースの『ニューヨークの復活祭』を上演し、音声学的演劇を見せてくれた。他に注目された劇団はバルセロナのミロとクラカ劇場で『メルマの死』を上演していた。この種の演劇祭はややもするとお祭り騒ぎに終わってしまうのであるが、なにか一つや二つ、やはりその年の収穫と呼べる作品にめぐりあうことができるのでそれが大きな楽しみとなる。この年の収穫としてはなんといってもポーランドのポズナニから参加したマルチネク劇場の『ドン・キホーテ』であった。

地下にあるこの劇場はさして見ばえのしない外観に比べて、内部の諸設備は近代化されていた。ロビーでは「ポーランド演劇ポスター展」が開催されていた。ワルシャワのナロドヴー劇場、テレビ劇場、マリー劇場、ポズナニのノヴィ劇場、クラコフのクリコット2などのポスターが独特の雰囲気を醸していた。観客席の数は百ぐらいであるが、その割にゆったりとしている。舞台と観客席の間がさほど分離された感じを与えないのは、観客席が舞台と外側へ扇形に広がっているせいであろうか。わたしの席は後方だったが、意外に舞台は近くに感じられた。劇場の設計者の工夫のほどが知られる。会場にはたくさんの親子連れが目立ち、どちらかと言えば児童劇が始まるといった雰囲気だった。

最初に舞台にもち出されてきたのは、四枚つながった雨戸の大きさの板であり、繋ぎ目は自由に曲がるように仕掛けてある。これが箱なりの形をとったかと思えば、すぐにある街角の一風景を思わせるような背景に変貌したりする。役者はポーランド語で語り始めた。ああ、これはだめだと諦めかけた時、なかの一人が急にフランス語で話し始めほっとした。ポーランド訛りのフランス語は決してわかりやすいとはいえないが、筋は追うことができた。

役者は各々両手に人形を持って出場してきた。人形はそれぞれ二本の棒で支えられている。どうやら話は「行きたくもないところへいやいや引かれて行く、ふしあわせな者どもに、ドン・キホーテが与えた自由の章」と「ラ・シエルラ・モレーナの山中で出遭ったこと」を統合し、脚色したようなストーリーのようだった。人形の操作があまりにも粗削りなのに驚かされた。日本の人形劇の常識から大きく逸脱していた。しかし、しばらく見ていると、この人形操作に違和感を感じなくなってきた。粗削りな人形の動きと、それを操作する人形師《マニピュレイター》の動作（いや演技といってもよい）は、調和を保ち、わたしたちの凝視にくっきりと印象づけられる。つまり、粗削りの動作はそれなりにきちっと計算されていて、ちょうど私たち観客がスタンプや影絵を見ているような効果を与えてくれる。

ドン・キホーテはむりやりに連行される人たち一人ひとりに、その事情を聞いて歩き、彼らの話を真に受けて同情し、すぐにでも解放してやろうと思いたつ。看守長がとんでもないことだとドン・キホーテの申し入れを断わると、彼は勇敢にも槍で相手を一突きした。それからはあらこちで戦闘になるが、この戦闘も人形同士が本当に激しくぶつかり合う。人形の激しい動きに比例して、人形師の動作もそれに劣らず激しくなる。つまり、人形師同士もとっ組み合いをしているようである。このとてつもなく誇張された演技がドン・キホーテのばかばかしいほどのエロイックな行為を上手に表現しているように見える。私は見ていて失笑してしまった。しかし、ただドン・キホーテのコミカルな面だけが誇張されていたわけではない。それだけにとどまっていたら、これは一篇のスラップスティック喜劇、ばかばかしい芝居に終わっていたであろう……。

だが、夕日が落ちて、ドン・キホーテはサンチョ・パンサと1日の出来事について語り合い、その折にふと我に帰った時、理性が戻った主人公は反省する、するとこの英雄の孤独の顔が覗かれる。その時、役者はふたたびポーランド語でせりふを言っていた。詩を朗じていた。効果としての音楽はまったく使われなかったが、このポーランド語の響きが音楽的な効果を十分発揮し、私たちはポーランド的民謡の世界に浸ることができたのである（後でわかったことだが原始ポーランドのメロディであるクヤフィアークを意識して朗じたという）。

ここに到って、今までの力強い人形の動作は高雅な雰囲気を持つようになってきた。この劇が単なるドタバタ劇や児童劇で終わっていないのはこのあたりからの演出から発揮される。演出家は所どころ聖なるもの、形而上的なものを舞台上にもたらそうとしていた。

舞台の手前のほうで生身の身体によって演じられるドン・キホーテとサンチョ・パンサ。ドン・キホーテはひとりで旅へ出かけることになる。サンチョに別れを告げ、城の上をゆっくりと進んでゆく。夕日へ向かって進むドン・キホーテは観客に自分の大きな影を残して去ってゆく。城の手前でそれを見送っているサンチョ。私は強い衝撃《ショック》を受けた。手前のサンチョよりも去ってゆくドン・キホーテのほうがずっと存在感に充ちていたからだ。

終演後、ホールの外へ出た私はこの一瞬の体験の意味を定めかね、ボーっとしていた。どうやら、この劇の演出家の狙いはこの一瞬を実現することにあるらしい。そのドラマトゥルギーを考えてみると、役者の身体的な動作や人形操作以外に劇に必要なものは、できる限り省かれていた。照明はいくらかのスポットライトだけ。音楽機材は一切使われていない。衣裳は目立たず、地味な色、形も作業衣のようにシンプル。身体演技に関しては、役者と人形がことさら荒々しい動作をする。それに相対する私たち観客は、自分たちの日々行なっている行為について私たちが持っているイメージを解体させられる。コンヴェンショナルな行為の無意味さが露わにされる。人形師と人形の動作がパラレルなのも注視すべきだ。私たちが持っている身振りについてのイメージを変えてくれる。ボガトゥイリョフが注意しているように、人形の動作がこっけいに陥るのを避けることができるからだ。このパラレルな動作を通して人形は自らの身体性を獲得する。

そして、先述の高次の次元が出現するために、すなわち人形が生身の身体の人間より、より一層身体的であるために、音楽的要素が必要となろうか（ニーチェ）。ただし、それは最小限の効果に限られよう。

以上の要素のすべてが統合された時、私たちは自分の身体内部に、身体再生のイメージを獲得するのだ。観客がこの一瞬に獲得するカタルシスこそ、まさにギリシャ人がそう名づけていたものに相違あるまい。

ポーランドのマルチネク劇場が『ドン・キホーテ』で私に示してくれたものは、決して政治的なメッセージでも、ラーゲルの恐怖を訴えたものでもなかった。それは一瞬だけの身体的再生のイメージを作ることであった。そのイメージに凝縮されたものが意味するものはなんであったろうか。当時の社会主義諸国では言論統制が現実に存在した。もちろん、芸術表現も極度の制約を受ける。私がポーランドへ実際に訪れたのは70年と78年である。文化的活動においては比較的自由化が進められていると言われていたこの国にも、実際言論統制は存在していた。かつて、東欧前衛演劇のパイオニアであったグロトフスキーはこの国の文化政策に与してすでに久しい。その演劇は生命力を失い、何やら神秘的秘儀に変わろうとしていた（『休日』あたりから）。

それでも多くの若い後継者たちは公然と体制批判を行なっていた（STU劇場、八日劇場）。しかし、これらの劇団の抵抗表現のなかに社会的抑圧の影が大きく落とされているのは容易に見てとれた。身体表現を重視するグロトフスキー・システムは、言論統制下でもう一つのシステムを開発したのだ。それは抵抗表現のシステムと呼べる。ことばで体制批判を行ない続けることは非常に困難である。権力側はすぐ察知し、それに対処することができるからだ。身体が抵抗の城となってゆく。役者が自分の身体に課す苦役は、そのまま体制のなかで消されてゆく人々の自由な声を象徴化する。アントナン・アルトーは、残酷の演劇はまず自分自身にとって残酷である、ということから出発すると言っていたが、ポーランドの演劇の出発もそこからである。

当時のポーランドの演劇に特徴的なことをもう一つあげるとすれば、それは舞台美術《セノグラフ》を重視するという点である。タデウシュ・カントール、カジミェシュ・ミクルスキ、コンラッド・スヴィナルスキ、J・ツァイナなどの優れた舞台美術家がいる。ポズナニのカトリック大学劇場の演出家L・マンジェイクのように美術出身の人が演出家である場合も多い。彼らは象徴的な舞台を作りながら、体制批判を行ない続けている。またアンジェイ・ワイダも映画監督であり、かつ演劇活動も長年続けている（『雨水がいっぱいの帽子』59年、『結婚』62年、『九月の宵』73年など）。『ドン・キホーテ』はこの身体と美術の演劇を的確に表現している。造形的表現に助けられ、コミカルなストーリーは体制の制約を超えて多くの観客に訴えかけるものを持っている。抵抗の表現は、身体再生のイメージ表現へと転換されることにより生かされている。

確かにこのような表現はポーランドにあって可能となったのだ。ブレヒトやロラン・バルト[1]に指摘されるまでもなく、日本の人形浄瑠璃もこの転換劇のジャンルに入るであろう。廣末保は両者の立場とは異なるが転換のメカニズムを解明している（『辺界の悪所』）。彼の主張を手がかりにしながら、身体再生のイメージを人形浄瑠璃のなかに追ってゆくことにしよう。

Ⅲ　再生の身体と〈見ること〉

廣末は心中劇が死のイメージを背景にもっているがゆえに、逆にそれが劇として上演された時、再生のイメージを与えるのだとしている。廣末は近松の浄瑠璃『曾根崎心中』を例にとりながら死と再生のドラマトゥルギーをプラクシスの立場から解明しようとする。

当時、芝居をする人びとは社会で特殊な位置を占める人たちであった。この人たちは禁忌《タブー》の世界を担っていた。彼らは普通の人たちの生活をする場所と、自分たちが生活する場所との境界線に悪所を形成していた。この場所に劇場（芝居小屋）が設けられる。人びとにとってはそこへ訪れることは禁忌の世界を訪れることであった。つまり虚構と現実が同時に存在する場所であった。役者は通常、人びとから下賤視されていたが、この悪所では人びとが忌み怖れているものを管理することから、むしろ普通の人より優位に立つことができた。ちょうど巫女のように、自らを御霊視にかたどっていたのである。それは言わば形（型）になりきることであった。

役者は、形代《かたしろ》となって、死の罪障を自らの体に担った。観客は芝居をする人を見ることにより、タブーを犯すことができる。現実社会では接触できないものに立ちあうことができるのだ。この芸能的な死の儀式化を行なう、その担い手が芝居者であった。

廣末の言う形代的肉体は彫塑的な身体のことであるが、それは当時の芝居をする人たちだけに認められるわけではない。当時の民衆支配はかなりきびしかったようではあるが（進歩史観を尊重しよう）、実際の支配の仕方は粗雑なもので、現代のように、あらゆる面に管理がゆきとどいているわけではない。つまり、制度的な抑圧や身分的差別による支配の抑圧ははかり知れず大きかったにもかかわらず、実質的にはあちらこちらに目のゆきとどかないところが生ずる。そこで、当時の民衆はけっこう息ぬきをしており、管理されざる身体、彫塑的な身体を想像力と結びつけて感得していたのではあるまいか。ただそれを表現する場を社会的に持たなかっただけである。

廣末は続けて、形代になるには担うという面だけではなく、禁忌を管理するという面がなくしてはならないとする。そのためには芸が必要となる。観客は心中者の罪障を、あたかも肉親や縁者が担うように、受けとめることになるのだ。

『曾根崎心中』のテキスト・クリティックを行なうと、「観音廻り」と「道行」が死と再生のメカニズムを担っていることがわかる。「観音廻り」は死んだお初が再生し、現《うつ》し身へと転化していることを示し、三十三カ所の札所をめぐって罪をつぐない、霊験を生きはじめる。それは同時に、舞台上の時間が始まることでもあるのだ。つまり、プルースト流に言えば、「見出された時」があって初めて、「失われた時」（過去）の意味が明らかになるということである。プルーストはその鍵を「マドレーヌの菓子」に与えたが、近松は「駕籠」に与えたのではあるまいか。すなわち、一度生きられた時間は反復されると……。

その時のお初は確かに身体性を回復しつつあった。お初は回向成就へ向かっている。しかし、ここではただ蘇生される必要があったのである。再び舞台の上に形式として呼び戻される必要があったのである。そうしなければ、「作中のお初は、現実のお初の形式として、お初、徳兵衛の死を未来成仏へともっていく」（『辺界の悪所』）ことはできなくなる。そして、それは役者の宗教的能力によってなされるのではなく、ドラマトゥルギーにかかっている。

ここで、私たちは『曾根崎心中』が上映された当時の人形浄瑠璃に思いをはせてみよう。名人形師辰松は、まず一人で人形を操作していた。それも手妻といって手品師のように手さばきが巧みであった。草や篭も床の上に置かれていて舞台から少々離れている。幾分か象徴化されているのである。空間も三人遣の時より自由に使われていた。

お初は再生したが、それは未来成仏への道行においてであった。ドラマは同時に、現実の葛藤と、それゆえの死を展開させる。ここに到って近松は演劇的な転換を現実化することができたのである。

しかし、ここで付言しなければならないことがある。ルシアン・ゴールドマン流に分析してみれば、当時幕藩体制が確立し、開墾可能な土地は東北地方まで拡大され、もうそれ以上広がる可能性がなくなってしまった（北海道の開発が実施されたのは、近代化の過程においてである）。そこで、為政者たちは土地単位あたりの租収を増大する必要にせまられた。政治的な統治政策もよりきびしいものとなった。民衆は以前にもまして圧力を強く感じることとなった。近松の心中劇は、当時のぎりぎりのところまで追いつめられていった民衆の危機意識を背景にして生じた、想像力の所産と見て取れないであろうか。それはやがて元禄以後、各地で百姓一揆の件数が増していることと無関係ではあるまい。民衆の心性は勢いそのような現実を超えたところ、彼岸的なところを求めるようになるのである。これが心中劇の背景の一端を形成していたのである。

こうした現実のうちにいて、現実の圧力を如実に感じながら、民衆は心理的なゆとりの場を求め、演劇空間のうちに非日常的な、あるいは反日常的な、そして時には〈夢〉でもある、世界を創るものの行為に参加するのだ。それは創る者と観る者との意識が交叉するところで、現実からの救済という感情として、美的な共同体を実現させるのである。そして想像力のはたらきは、この美的体験の自覚として、美意識を生む。つまりこのような作為と現実とのはざまの、彫塑的な自由な状況においてこそ、演劇的な美は成立するのである。

廣末は正しくも、その転換の契機が人形であるということの意識を強調する。近松も人形の独自性を認めている。近松以前の浄瑠璃は木偶《でく》へ転落していた。それを彼は再び生かしたのである。人形の虚構性から生じる独自な空間を、新しい演劇的可能性へと生かしていこうとした。それには人形と人形師の関係が重要であることが強調されているが、それ以上の行論の展開はここでは行なわれない。むしろ、最終的な転換の担い手は観客にゆだねられることになってしまう。

私たちがここで強調しなければならないのは、『ドン・キホーテ』で見たように、人形師と人形との相互関係である。廣末のように芝居をする人が制外者であると強調することは、あくまでも背景的な意味を強調することにすぎない。『ドン・キホーテ』において、人形師の操作が日常的な人びとのしぐさを解体し、再統合させたように、『曾根崎心中』では人形師は手妻芸や出遣い、一人遣いなどによって、より自由な表現を可能にしていたのである。１９８０年代なら、そのような人形劇を見るのには、8月に行なわれる佐渡の両津川開きに参加している文弥人形を見るとよかった。人形師浜田守太郎は80歳を過ぎてはいるものの巧みな人形操作で人びとを魅了させてくれた。浜田はいつも口ぐせのように「侍同士の剣劇の場合はまあ何とか人形と一体化することができる。しかし、こと人形が女であってその色気を表現することは未だに難しい。もう六十年も人形をいじくっているのにねえ」と言う。フランスの中国学者Ａ・パンパノは浜田を今日世界で存在する最高の人形遣いの一人だと言っている（『操作される幻影』）が、彼のことを知る人は日本では少ない。

Ⅳ　彫塑性の演劇

彫塑性の演劇は観客の立場から主張される。この立場が前提となってこそ、舞台の観客との間の、本来は近接が不可能な距離の意味を、論議の対象となしうるのである。

ギリシャ人は彫塑性を〈見ること〉の幅ある射程のうちに置いていた。オイディプス王は自分の妻が母であることを知った（＝見た）時、自分の隻眼をえぐりとった。〈見ること〉はそれほど激しいことなのである。彼らは見ることで、自らの身体を、あたかも対象と一致させようとするかのように、位置付けた。ニーチェはこのことを特に強調している。一般的に言って、プラトンを起点とするギリシャの美的感覚は、形而上学的なイデアを目標として措定し、いわばそこから演繹的に流出してくる光に明らめられるものとして美を見定めていたが、具体的な作業においては均斉美を重視している。つまり、対象と対象との関係における形式性が重要視されていた。

アリストテレスもこの考えを継承してはいたが、彼のミメーシス重視は、美意識をそのような単純な形式へ還元するつもりのないことを示している。とはいえ、模倣説が、形式や様式の問題からはみ出すことなく、考えられているのである。この点では、アリストテレスは図式的ですらある。観客は〈見ること〉において、カタルシスを身に具現するのであるが、その時観客は作業として成立しているミメーシスをカタルシスへ転じることによって、自らの内面に美意識の発生を感得するのではあるまいか。そして、その時点でこそ彫塑性の演劇は成立したのである。

ポーランドのマルチネク劇場はその彫塑性を、古代ギリシャ人とは全く別の仕方で示してくれた。生身の身体と人形を並位させ、両者の有機的関係のなかで、人形の内部にはおのずから彫塑性が付与される。なぜ人形が選ばれたかと言えば、それは仮説的身体だからである。人形だからこそ、そこに彫塑的身体を仮定できるのである。この劇団は現代の私たちが古代ギリシャ人のような身体性はもはや持ちあわせていないことを知っていて、生身の俳優ではなく、人形を選ぶことにより、そのような身体性を再創造しようとしたのである。私たちはそのような身体性が自らの内では失われたことを知らされ、自己の内に再創造することにより美意識を獲得するわけである。ここでは彫塑性の演劇は再創造されることによって可能となる。

近松の『曾根崎心中』では、彫塑性の演劇は人形師の自在な作業を通して可能となった。もちろん、想像力がなくては成立しない。民衆のもっている潜在的情念を彼岸的なものに転化させようとする想像力が伴なわなくては、近松の演劇を現実化することはできなかった、と言うべきであろう。私たちはそのことに驚愕すべきかもしれない。この驚き、人形師のはかり知れない想像力に身を委ねることによって私たちは美意識を獲得することができる。しかし、そのためには学習も研究も無益である。それは、一方的にただ単なる役者の身体性の問題であったり、演出上の身体表現に対する配慮の問題であったりするわけではない。これは私たち観客の参与を含めて、初めて成立する問題なのである。

彫塑性の演劇は想像力に委ねられている。それは、あくまでも〈見ること〉に固執していながら、なおかつ想像力がそこに結びつくことが要請されている。この想像力は無化《ネアンチイザシヨン》としての想像力ではなくて、ニーチェによれば没頭すること、バルトによればヌーメンに関わること、サルトルによれば非近接的距離を保つことである。

それには学校へ通う必要もなければ、レッスンを受ける必要もないのである。あたかも茶の間でテレビを見ている時と同じように、〈見る＝想像する〉を行なっていれば良い。どこの劇場を訪ねてもただ見ているだけで良いのだ。ただし、覚醒していなければならない。そうすれば、役者の演技、しぐさのなかに彫塑的なものが見えてくるはずである。注意しなければならないのは、「本当の表現は、それが明らかにしているものを隠している。……思考のなかに空虚を創造するといってもよい」（『演劇とその形而上学』Ａ・アルトー）ということである。

ここでいう想像力は、ただ〈見ること〉だけでは失われてしまっている彫塑的な身体を、再創造することである。演技やしぐさを通して、平常管理され、支配され、操作されている自らの身体を解放し、その身体の行為性の自由の確認を行なう。そうすれば、いたずらに西欧の近代的演劇をめざすような労力を費やさずに、もともとアジアの演劇に潜在していた形而上的な（それでいて民衆的でもある）演劇を再創造することが可能となるのである。

そしてこの再創造の過程において、演劇における美は成立する。その美は創る者の意識と見る者の意識とが、演技の流れのなかで交錯しつつ融合してゆき、そこに〈身体〉の活動そのものだけが純粋経験の過程として存在し続けるようになるところで美は花開く。むしろ活動する身体が花と化したのである。

踊りであろうとしぐさであろうと、その上演の体験は創る者と見る者との協働によって実現されている美的体験にほかならない。もちろんその身体の活動は演劇的な空間と演劇的な時間のなかに、メルロー＝ポンティ風に言えば身体が住み込んでいるから、演劇的に美となることができるのであるし、上演そのものが美である。あるいは、美という意味を包含していることは、知的な認識による把握に先だって身体がおのずから感得しているのだと言うべきであろう。まず、身体が運動を把握し、運動を了解しているのである。

創る者は、そういう身体の運動を通して、表出空間としての聖域を画する。むしろ身体の動き（所作であれ、しぐさであれ、踊りであれ）そのものが聖化の行為である。これもメルロー＝ポンティのことばを借りれば、身体のそれらの動きが、「感情的なヴェクトルを張りわたし、情動的な源泉をあらわにし、あたかも占師《オギュール》の所作が聖域《テンプレム》を棒で画するように、一つの表出空間を創り出す」のである。それは同時に表出時間でもあり、そこにおいて身体は、また身体の所有主である演技者は一つのエクスタシスの状態にいる。エクスタシスは美的体験であるが、その体験を通して通常の空間と時間は克服され、しかも表出的な空間・時間として再生ないし再創造されている。

見る者は演じる者のこの美的体験を同時に共有する。共犯者のように見る者はこの体験に参与する。その同時体験の過程において、見る者の内にも美意識が湧きおこってくる。演じる者の身体は彫塑的であるからこそ、このように美的体験を単に創造するだけでなく、具体的な時空のなかへ、そのたびごとに産出《プロクレエ》するのである。この産出を見る者は追体験ではなく、同時体験するのである。そして、それをテオーリアで濾過させると、見る者のこころに美意識が発生するのである。もっとも美意識は蒸発しやすい。演じる者のエクスタシスを共時体験することにおいて、見る者の内のカタルシスが成立するならば、意識が蒸発したあとに〈演劇的な〉美は蒸溜しつつ遺存する。しかし演劇的な美はどこにおいても結晶しない。時空の聖域の成立するごとに、人はその美を夢見るのである。

注

（1）ロラン・バルト（1915—1980年）　フランスの哲学者、批評家。高等研究実習院教授。コレージ・ド・フランス教授。著書に『零度のエクリチュール』『ミシュレ』『S／Z』『彼自身によるロラン・バルト』『物語の構造分析』『神話作用』『象徴の帝国』がある。作者の死を主張。読者によるテクスト解読を重視。

第11章　アヴィニョン演劇祭で

1982年8月17日にアヴィニョン入りした。パリから4時間。フランス新幹線TGVによる快適な旅だった。日本の新幹線より揺れは少ないし、椅子は広くて座り心地がいい。何よりも、車内販売のために人が行ったり来たりしないのがいい。パリで噂に聞いていたが非常に暑かった。40度は超えていたろう。こんな場所で芝居どころではないのだ。同行した友人の照明家ジャン・カルマンと重い荷物を持ち、汗を出しながら街の中心部へ歩みを進めた。アヴィニョン市の中心部は周囲4キロメートル位の城砦に囲まれている。フェスティヴァルはほぼそのなかで催されている。

どこへ行くにもほぼ足で大丈夫だ。ホテル前の時計広場ではあちこちに人だかりができていた。プラカードを持って今夜催される『ユビュ王』の宣伝をしている若い役者たち。地面に座ってシタールを演奏しているインド人風の男。即興的な踊りを行なっている男女のカップル。人々は熱心に見入っていた。私はこの炎天下にそんなものはとても見る気にならないので、冷房付きのホテルの部屋でしばし休憩した。

このホテル・ド・パップの裏方に演劇祭の事務所がある。しばらくして、カルマンと一緒にこの演劇祭のディレクターに挨拶するため事務所を訪れたがディレクターは留守だった。その代わり秘書に演劇祭のあらましについて説明してもらうことができた。


アヴィニョン演劇祭は大きく二つに分けることができる。「イン」と「オフ」である。「イン」は招待された劇団が演ずる所。「オフ」は自前ですべて演ぜられる所である。「イン」の劇場だけでもこの年には15カ所位あり、「オフ」はとなると42カ所にもなる。

それだけならともかく、アヴィニョン市から2キロ離れたヴィルヌーブ市でもフェスティヴァルを行なっている。こちらは始めてから9年目になり、8カ所で音楽会、演劇会、ダンス、ビデオなどの企画が実行されるというからたいしたものだ。期間中の上演回数600回とも700回ともいわれている。開演は朝8時半から終演はというと翌朝7時までである。少々伝説じみてくるが真実なのである。

ちなみに今度の演劇祭の目玉になるデニス・ロルカ演出の『悪霊』などは夜9時半に始まって終わったのが翌朝7時。ただ朝までに何人が観客席に留まっていたかは定かではない。その人たちに脱帽すべきであろう。この作品には私も朝2時までつきあったがついに途中で出てきてしまった。演出家の意欲を買いたいのはやまやまだが、かえって作品に対する解釈の甘さや、構成の弱さが露見され、観るのを耐え難くさせていた。特にキリーロフや彼自身が演ずるスタヴローギンの存在の稀薄さは如何ともしがたい。ともかく私は外へ出た。数十人の人たちも外へ出てきた。

同じロシアの文人アレクサンドル・コプコフの『金の象』はベルナール・ソベル演出で人々の関心を集めていた。革命後のロシアで農夫モチャルキンはレーニンの「夢をみ続けよ」という言葉を信じ続けている。ところが今までツァーを殺して、主人を溺死させ、自由になることを夢みてきた農民たちは革命によってその夢を現実にしてしまった。子どものようなモチャルキンは祖母が昔話をしていたやってはいけないことをやってよい国のことを夢みていた。この夢の国の話はロシアの民衆に語りつがれている話《コント》であるが、それが現実になってしまったのである。確かに全てが変わった。ところがある日、金でできた象が発見されると村の農民たちはこぞってそれを見にやってきて、象に触れようとした。ところがそのうちに自分が手に入れようと諍いをおこし始めた。

コプコフはそこにロシアの民衆の真の姿を見る。しかし、シニカルにではなく喜劇としてである。ソベルはその民衆の愚かさを、土くささを率直に表現してみせた。別にそうすることでロシアの民衆を軽蔑したり、批判しようとしているわけではない。ただ劇が終わった時、何とも言いようのない感情を観客に持たせることには成功していた。当時ミッテラン政権が成立したばかりで社会主義の新入生のフランス人たちもこの問題を真剣に受け止めようとしていた。

私たちからすれば以上の2作品が、新しい演劇（西欧人にとって）の今の方向を指し示そうとしていることは理解できた。しかし、残念ながら、その様式においては何ら今までの西欧の近代演劇と変わっていない。少なくともメイエルホリドやエイゼンシュタインが同じ、なおかつ創出しようとした新たな劇的表現とは遠く離れていよう。この二人の東方の革命家は少なくとも東洋の演劇に独自の視点を持っていたし、実際それを表現することに成功していたと言えよう。

東洋演劇といえばアルトーがすぐに思い浮かぶが、今日の西欧演劇にその演劇的表出を見出すのはなかなか困難だろう。ブルジョア演劇を批判し、超克しようとしたサルトルの演劇がじつはその典型となっているのは皮肉なことである。また、フランスにおけるブレヒトの良き弟子たちであるプランションにしてもヴィテーズにしても、その様式はむしろ伝統的である。

そういう意味で言えば、ピーター・ブルック（『鳥の会議』以後）とアリアンヌ・ムイシュキンの『リチャードⅡ世』は、現代演劇に新地平を開耕したものといえよう。実際、「太陽劇団」はこの演劇祭の花形であった。教皇庁の中庭の会場はこの演劇祭のメイン・ステージと考えられるが、ここを始めと終わりに太陽劇団が使用した。その上上映費も二億円を超すというのだからそうとうなものだ。彼女自身もこの『リチャードⅡ世』を仏語訳して、出版社で発刊しているほどの力の入れようなのである。仮面の製作にあったエラール・エティエフィルは日本に数カ月滞在し能の面の作り方を学んでいる。音楽を担当するジャン＝ジャック・ルメートルは長いことアフリカで民族音楽を学んできている。ムイシュキンは意図的にこれらのスタッフを集めてシェイクスピア劇に挑んだのである。

私たちは今度の仕事の基礎を東洋演劇に求めました。主に日本の能や歌舞伎ですが。勿論、バリの演劇やインドのカタカリにも学んでおります……なぜかと言いますと演劇的形式がそこにあるからであります。西欧ではギリシャ悲劇やコメディア・デラルテを除くと強烈な演劇的形式を見出すことは困難になります。その点日本は私たちよりずっと後になって中世から脱したこともあって、私たちに最も近づき易い中世は日本の中世だと思われているのです。……ブレヒトやメイエルホリドそしてすべての演劇人は形式を求めています。すなわち東洋への旅行を望んでおります。東洋へ行けば音楽、ダンス、聖なる芸術、演劇に必要なものがすべてあるのですもの。

（「民衆演劇」46・47号）

このように彼女が言う時、彼女が最も強く意識していたのはアルトーであろうが、その最大の情熱は理論化ではなく舞台化に、上演に向けられていた。アルトーは生存中には何ら革命的な演劇表現を現実化できなかったのである。ムイシュキンはその彼の理論（「東洋演劇」「残酷の演劇」）の忠実な実践者としてこの作品を手がけたのである。主役を演じたジョルジュ・ビゴは、私に会うなり、

「ねえ君、すまないけど日本へ帰ったらすぐ水溶きのおしろいを送ってくれないか。こっちのやつは脂肪性なので長いことつけていると固まってぼとぼと落ちてくるんだよ。それにこうやって暖か

い日が続くだろう、いくらつけても足りないのだよ。そこいくと日本のはいい、一回つけると何時間たっても落ちない、是非たのむよ」

と依頼してきた。この作品の上演にともないメンバー全員が異質なものを自らに体験化しようとしていた。『リチャードⅡ世』自体が今日の西欧では別の世界の演劇となってしまっている現在、その再現はもはや再現とは呼べないのかもしれない。中世とルネッサンスの葛藤は彼らにとっては近代と現代の逆転した葛藤と写っているのであろうか。それが私にとっては逆説的に新しい演劇的体験となったのである。なぜかといえばムイシュキンが形式と言いながら日本の演劇から学んだ様式は決して狭い枠の中に留まっているものではなく、むしろその形式を通して別の所へ行こうとするものだったからである。それはエイゼンシュタインが言うところの「相対性理論的な約束性」とでも呼ぶべきもので、西欧人にとっては異質な世界と写ったことは確かであろう。

そういえば日本からは大野一雄が「イン」に招待されていて、私がアヴィニョンに着いた時には全席の切符が売り切れていた。彼が踊ったのはもと教会だったところで、天井が高く、なんとなくオドロオドロしくて彼が踊るにはふさわしいところに思えた。ところが主催者は観客数を極端に制限したために、初日は200人あまりの人たちが中に入れず大さわぎが起こった。ル・モンド紙も彼の紹介を異例の写真入りで行なった。この日、にわかに起こりつつあったヨーロッパにおける大野ブームは頂点に達した。主催者側の意図はみえすいていた。ところが皮肉なことにフェスティヴァルの事務局長もしめ出しを受けて公演を観ることができなかったそうである。

ともかく、会場内は熱気がみなぎっていた。大野はあらかじめ会場の前方に設けられた〈花道〉を通りながら舞台に登場した。観客を掻き分けながら上手《かみて》に登った。数百年を経て煤けた教会堂の壁を背にした大野は真白いデコルテのドレスを着ていた。白い大きな帽子の下に見え隠れする大野の顔は羞じらいながらもなお自分の身体の開示を現前化させようとするかのようであった。瞬間瞬間の表情の遷り変わりを照明家カルマンは逃さなかった。観客は大野の一挙手一投足に魅入っていた。「トッカータとフーガ」の調べに乗って大野が示したものは死後の世界や胎内回帰への願望などではなかった。大野は踊りながらひたすら何かに「向かって」いた。

2時間あまりの踊りの中で大野はそのような瞬間を何度か見せた。それは時間にしたら数秒にしかならなかったかもしれない。だからといって他の動作を無視してよいかというと、そういうことはない。大野の動きすべてを注視していてこそ、そのような瞬間に感応できるのである。当日も一割位の観客は忍耐力を欠き、上演中に会場を去っていった。確かに、大野の舞台は〈残酷〉だったのだ。

ドイツの映画監督ヴェルナー・シュレーターは、
大野一雄はバッハやシューマンの音楽を愛する。それらの調べにのって彼は踊る。一九三〇年代調のマントを着て観客のすぐ近くを横切る。そして美や永遠について彼が表現したいもの全てをそこに示す。観客はそれを見て驚く。なぜって彼が踊っているとは言い難いからである。彼が頭や手を動かしながら上の方を見たり、横に目をやったりしているだけだ。彼はもはや日本人でもないし、ましてやヨーロッパ人でもない。

と自分の体験を述べているが、おおよそヨーロッパの観客に踊りはそのように写ったのではあるまいか。今回招かれている大駱駝艦と大野一雄が同じBUTOのジャンルにあるということもこのフェスティヴァルを見た観客がよく口にすることだった。市立劇場で泉鏡花の『滝の白糸』を上演した辻村ジュサブローの一座は、オランダからやってきた「形象劇場トライアングル」と同様に人形劇に関心を持つ人々の人気をさらっていた。600人は入る劇場の切符は初日3日前にすでに売り切れていた。

大駱駝艦はアヴィニョン市から4キロメートル離れたヴィル＝ヌーヴという街で公演を行なったが、大野一雄や山海塾に比べて盛り上がりに欠けていたし、公演後の観客の反応も実に冷ややかなものだった。

舞踏関係で何よりも注目を浴びていたのはマギー・マランである。

サミュエル・ベケットの「May B」を舞踏に脚色したものである。演出のマギー・マランはベジャールの「二〇世紀バレー団」に所属していただけに、厳密な動作と自由な精神を調和させるのに成功していた。

10人の男女が顔を黒く塗った上に白い粉をふりかけ、ぼろの服を着て回廊を一列に歩いてくる。歩き方は規則的で、一歩一歩足をするように進む。そして中庭にもうけられた舞台の上までやってきてそれぞれ散らばって舞台全体にひろがる、しばらく立ったまま沈黙が続く。やがて、また集まって一列になり歩き始める。まるで兵隊の行進である。彼らが歩くたびに、体から粉がまいあがり、照明にあたって煙のようにけぶっていた。そして、時々止まって、全員が体を前へのばし、首を空へ向けて「お前は薄ぎたないやつ、どっかにいってしまえ」というような意味のことを口ずさむ、これもオノマトペだから文章にはなっていないが、呪詛であることはわかる。10人のダンサーの動きは完全にコントロールされていたが、向かってゆく方向はむしろ、無秩序、転落、逃走であった。この不条理の表現は、二方向がばらばらにならずにうまく統合されていて不思議なリアリティーを持っていた。演出のマギー・マランは、

サミュエル・ベケットのこの仕事では仕草や演劇的な雰囲気はダンサーの身体的演技と矛盾する。この仕事は私たちに最も親しみがあって、なおかつ知られざる仕草の意味をさぐり出そうとするものでした。ダンサーの役割が不動性にある時、それは演劇的動作とダンスや身体的言語の出会いを見つけ出そうとしているのです。

と言っているが、舞踏的テーゼと呼ぶべきか。やがて、彼らの動作はますます分散、離脱、静止へと向かっていった。両手に重そうなボストンバックを持って動き回る彼らは、すでに難民であり、失業者である。最後の数分間に流されたかすれたドイツ語の歌は第二次大戦前のイメージを喚起しようとしているのか。舞台の上にただ一人の男が観客側を挑戦的にじっと見つめながら立っていた。そして、低い声で「セ・フィニ（終わりだよ）」と言う。

わたしが観ることができた舞台は全体から見ればほんのわずかであるが、その中でもこのように遠い東の国の異質な文化の移入が真剣に試みられているのである。今日のこの光景をアルトーは予測できたであろうか。

また、フランス大使館の文化参事官のジェラール・コスト氏の企画でシンポジウムが開かれた。「演劇と文化政策」という少々お堅いテーマだった。今の日本なら興味を持つ人はたくさんいるであろうが、当時の日本はまだ具体的には利賀の国際演劇祭ぐらいしかなかった。

それでも会場はいっぱいの人だった。

わたしがアヴィニョンを発つころは、夏の終わりを告げるこの地方名物の大風（ミストラル）が吹き始めた。

第12章　麿赤児と身体表現

I

大駱駝艦は麿赤児が1972年に結成した舞踏集団であった。麿はその前には、役者として『欲望という名の電車』に出演、そのあとで唐十郎率いる状況劇場にも参加している。そして土方巽とキャバレーで踊ったりしていた。

当初の劇団員は24人だった。年に2、3回は大きな舞踏公演をやり、残りの時間には生計のためにキャバレーで金粉ショーなどをしていた。

その舞踏のコンセプトには日本の伝統的な儀式から着想を受けたものが多く、それを即興的な動きで表現していた（スーザン・クライン『暗黒舞踏』コーネル大学出版局、1988年）。『五輪の書』では日本の民族舞踊の神楽舞から着想を得ており、クラインはその世界はラブレーの民衆主義的世界に近いと言っている。

男女ともにほぼ全裸に近いいでたちで踊っていた。彼らは、ゆっくりとしたパーカッションのリズムに合わせながら動いていて時折シンセサイザーの雷鳴のような音に反応し痙攣を繰り返した。顔は引きつり、仮面と化した。一人ひとりが違う表情をし、時折舌を出しっぱなしにする者もいた。踊り手たちはまるでロボトミーの手術を受けたように秩序を失い、その空間はカオスの様相を呈していた。

その動きには、イデオロギーとはかけ離れた内部からの破壊、解体のエネルギーを秘めていた。当時のわたしはフランスから帰ったばかりなので、この公演には驚かされた。

日本全体が高度成長を遂げようとしているときに、その方向性とは全くかけ離れた身体表現による反・意味の世界に衝撃を受けた。それは、当時はやっていた実存主義的な孤立主義でもないし、反社会主義リアリズム的なダダイズムでもなかった。

確かに反抗なのだが、個の解体の先の身体的形而上学の世界が垣間見られたのである。

それは意味のコードから外れたマージナルな力の絶対性を主張しているように見えた。当時、わたしが好んで訪れた状況劇場、黒テント、自由劇場、転形劇場、早稲田小劇場などのアングラ劇の公演とは全く異質なものを感じた。

それでも舞踏公演を好んで見に出かけて行ったわけではない。今思うと、あの圧倒的なパワーに自分が壊されるのが怖かったのであろう。友人の役者には土方巽のグループに入って、見習いで踊っていた者もいたのに一度も観に行っていない。

磨赤児に直接会ったのは、1987年のことであった。このころは、パフォーマンスアートが盛んな時で、ビデオ、身体表現、ダンス、朗読などが様々に組み合わさったイベントが盛んだった。私も、短歌の朗読会で群読というのをやってみた。福島泰樹(1)、三枝昻之(2)らとアテネ・フランセ文化センターではじめたら思いのほか評判になった。その後、短歌の群読はNHKの番組「若い広場」で収録され放映された。この群読は神戸、新大久保でもおこなわれた。

その後、わたしは、表現の仕方を変えて、ダンスに興味を持ち上智大学の講堂で「ダンス・カンバセーション」と題して、東京にいる外国人のダンサーたちのそれぞれの小作品の発表会を行なった。その後、ダンサーたちは祖国に帰った。そしてレスリー・グラッターはハリウッドで映画監督になっているし、イナ・ドラクールはパリのコム・デ・ギャルソンの広報担当責任者になっている。

そのあとは、東京都美術館で「パフォーマンス」に参加してダンサーの藤井友子と一緒にパフォーマンス「テキストの快楽」を上演した。私は、もっぱら歩きながらロラン・バルトの同名のテキストを朗読、藤井は広いフロアーの上の紙に大きな筆で字を描いていった。字とはいってもほとんど解読は不能であった。そこは2階から見落とせるのでもっぱら観客は上から事の成り行きを観ることができた。今思えば少し恥ずかしい気がするが、その時の観客の評判は決して悪くなかった。自分では何をしているのか明確ではなかったが、夢中で何かを探していたといったところだった。

Ⅱ

そうやって、ダンサーたちとの交流をしていたときに、室伏鴻[3]と出会った。彼とは何度か会っているうちに大森駅の近くにある稽古場に案内された。稽古場には麿赤児とカルロッタ池田[4]がいた。彼らは次に行なうパリ公演の話をしていた。そして初対面にもかかわらず私も参加しろという。ずいぶん乱暴な話だが、こちらも何かを探していたので、すぐに引き受けた。

私の担当はカルロッタ池田のソロ公演のストーリーの担当ということになる。脚本といってもセリフがあるわけではないので、あらすじ、物語といってもいい。それでも私が書いた仮の「脚本」は舞踏（ダンス）の公演のためなのであくまでたたき台でしかない、筋、テーマといってもよい。これから公演まで数カ月間公演日までこの私が作った筋を追って1時間あまりの作品を構成していく。

わかっているのは公演日、公演期間、稽古場、稽古期間である。ずいぶん乱暴に聞こえるかもしれないが、カルロッタ池田はパリでは舞踏のダンサーとしては実績を持っているのでプロのダンサーといえる。

パリの公演プロデューサーが本公演の企画を立て、それを初演の劇場に提案する。今回はパリのバスチーユ劇場である。この劇場には演劇用のホールとダンス用のホールの2つがある。ダンス用のホールで1カ月公演を行なう。これは日本では考えられない。あの山海塾ですら、日本での公演の観客は3000人である。彼らはパリのテアートル・ド・ラ・ヴィル（パリ市立劇場）を半月の間満員にする力がある。1000人のキャパを15日間満員にすると15000人である。それだけの観客が観に行くのである。今回のバスチーユ劇場もダンス専用の劇場で観客収容人員は261人である。だいたい7000人の観客を想定しているといえよう。5月の初演が終わるとあとは地方公演に出る。そうして年間100公演以上行ない、うまくいけば一つの作品で300回の公演が行なわれる。それだけ観に来る観客がいるのだ。稽古場は、パリ郊外の劇場で1カ月行なわれる。ただで提供されたこの劇場で、あとになって、ただで出演することになっている。

この作品は国、県、市が何らかの形で援助することによって成立する。かかわるスタッフの生活費も支払われる。そしていったんプロジェクトが始まると終わりまで生活は保障される。プロとして働けるのである。ダンサー、照明家、舞台監督、衣装担当（ガードローブ）制作担当、のチームが一つになって活動する。それがシステムになっているからすごい。日本にはそれほどダンス公演を観に来る観客がいないのでこうしたシステムは成立しない。

カルロッタ池田の説明は明快だった。私はそのシステムの一員に入ることを承諾した。とりあえず、渡仏するまでの間ストーリーを固めなくてはいけない。

そこでわたしは、昔話にある瓜子姫の話をベースにしてストーリーを考えた。

主人公の娘は瓜から生まれたので桃太郎と同じように小さい。名前は小さ子という。この子が瓜の中から生まれてきたのを発見したおじいさんとおばあさんには子どもはいない。そこで二人はこの子を家に連れて帰り、大切に育てた。

そして、小さ子は、二人の愛情を受けてすくすくと育った。するとある日、小さ子が機を織りながら歌を歌っていると、窓からあまのじゃくが顔を出し、言葉巧みに話をする。

あまのじゃくは、小さ子に彼女が瓜から生まれ、おじいさんとおばあさんに拾われ、育てられた真実を話した。

小さ子は最初この人がなにを言っているのかわからなかった。その話の内容があまりにももっともらしいので、ある日、二人にそのことを率直に話してみた。ところが二人はその話は何の話かわからないと聞く耳をもたなかった。そして、二度とこの話をしないでくれと言う。

その後、あまのじゃくは何度もやってきて、家出を勧めた。

「お前はそこの娘ではないのだから、そこにいても幸せにはなれない。すぐにでも家を出て、親を探しに行くべきだ。のんびりしている暇はない」

小さ子はこの誘いに乗り、家出を決意する。二人に別れの手紙を残し、近くの川に止めてある小舟に乗って下って行った。

途中、小さ子はきれいな声で歌った。すると小鳥たちが近づいてきてどこへ行くのか尋ねる。小さ子は自分の生まれの真実を知る旅に出たと話した。すると、ひばりがそれならばフクロウに聞くといいと森の奥に誘う。フクロウは同じような境遇の子がいる場所を教えた。そして、小さ子はまた旅に出かけた。そうして、イシス、アリアドネ、アフロディーテーと出会う。小さ子は自分が神の子であること知った、そして直ぐに家路についた。家に帰るとおじいさんもおばあさんと再会し、幸せに暮らした。

ざっと話すとそうしたストーリーだった。

この話をカルロッタ池田と磨赤児にするとその場でオーケーが出た。こちらが驚いた。そんなにことがスムーズに運ぶとは考えていなかったからだ。

二人はいろいろ手を加えやすいのでいいという。褒められているのかいい加減だからいいと言われているのかわからなかったが、ともかくほっとした。

それから1カ月後に渡仏した。パリ郊外の町の安ホテルに1カ月あまり滞在した。稽古は毎朝9時から夜中の12時まで行なわれた。その間昼の1時間と夕食の1時間だけが休憩時間で、後は稽古である。今思うと何をしていたのかとなるが、ともかくみんな舞台に向かった何者かと格闘していた。芝居と違ってセリフがあってストーリーがそのまま進んでいくわけではない。まずは始まりを見つけなくてはならない。この時点では私の台本は存在しないものである。

カルロッタはまずは座布団の上に座り口の中で何かつぶやいている。そんな動作から、次に足の親指の先に座布団の端に垂れている紐を絡ませ、それをひいて舞台の下手から上手に移動する。そうかと思えば、次には四つん這いになってあちらこちら歩き回ったりする。それだけでは面白くないので、私は3本足で歩くことを提案した。そうしたらカルロッタは次の場面では、舞台の中央に斜めに角板を置きその表面を電気カンナで削っていく。会場の中にはけたたましい音が響き渡る。ともかく、カルロッタは1時間の間、いろいろな役割を演じていく。考え方では、芝居のようにも見えなくもない。

台本の担当者としても、その変容の仕方が、小さ子のそれぞれ異なるアイデンティティーを示しているようで納得してしまう。換骨奪胎とはこのことを言うと思った。

磨さんは個々のイメージを踊りとして、どのように見せるか工夫していた。スムーズな動き、ただ座っているだけの時、そして作業の動さでも、踊りになっていなくてはならない。そのチェックにかなりの時間を要した。それに音楽と美術が加わる。

本番1週間前にパリの劇場に入り、そこで本番さながらの稽古が行なわれた。緊張からかみんな殺気立ってくる。スタッフとのコミュニケーションがうまく進まなくなると私にも通訳の役が回ってくる。しまいには私が怒鳴られる。しっかり訳せと叱られる。

そうして、初日がやってきた。あれだけ緊張が高まっていたのがウソのようにスムーズに公演は進んだ。かかわった者としては驚くほど美しく作品ができていると思った。カルロッタの表現力には感心させられた。

満員の観客の中には感動のあまり涙ぐむものもいた。その青年はこの作品のなかに自分の孤独を発見し、気づかされたというのだった。

公演後、劇場の前にあるレストランで打ち上げが行なわれた。お店は公演にかかわったスタッフでにぎわった。私のそばにジャン・カルマンがいた。彼は時々リベラション紙に劇評を書いている。打ち上げでスタッフの連中は、今回の公演はよく理解できなかったという。

確かに、舞踏公演としてはスタイルが違う。かといってモダンダンスともヌーヴェルダンスとも違う。どこのジャンルにも入らない、そうした戸惑いがあったのである。

彼らの一人が率直にカルマンに作品についてどう思うか尋ねた。ジャンはひるまず答えた。それも比喩を使ってである。

「この作品はちょうど崖の途中に生えてきた植物の芽のようだ、もっと伸びて周りの小石を動かして、下に落とすか、大きくなって可憐な花を咲かせるか、今後を見届ける必要がある」

質問者がこのジャンのコメントにどこまで納得したかはわからないが、翌朝の日刊紙はどれも絶賛していた。舞踏の新しい可能性を感じさせる作品であると評価された。そして1カ月間の公演チケットは完売となり翌年98年の再演が決まった。

翌日わたしは帰国の途に就いた。

Ⅳ

それからしばらくして寺山修司の没後10年記念イベントが渋谷で企画された。ある日当時セゾングループの文化担当をしているYさんと出会ったときに寺山の話が出た。

そうして、11年目にパルコ劇場でやってみようではないかということになった。それが『毛皮のマリー』公演である。制作のスタッフとして麿さんを推薦した。下男役としてはこの人しかいないと思ったからだ。いしだ壱成もそうだ。彼はテレビドラマには出ていたが、芝居は初めてである。リスクもあるが、それだけに楽しみではあった。それに彼の透明感が主人公の少年に重なって、いい感じになると思ったのである。

役者としての美輪さんと壱成については第2章で触れたので、ここでは、役者としての麿赤児に焦点を当ててみる。

麿さんの下男役は、強面の外見とは裏腹に、下男役のイメージにピッタリだと思った。麿さんは実は大変繊細な人だからだ。

稽古中何度も『毛皮のマリー』の始まりのセリフが始まる場面を見た。美輪さんの甲高い声に応えて、麿さんはドスがきいた声で次のように返す。

マリー　鏡よ、鏡、鏡さん。この世で一番の美人はだれかしら。
下男　マリーさん、この世で一番の美人は、あなたです。

たった二つのこのセリフで私たち観客は別世界に連れていかれる。磨さんは美輪さんとは異なる存在感で対置している。それは、寺山が多用するヘーゲルの「主と奴隷」の弁証法的世界を表現しているからだ。下男はいつでも主人に代わる心の準備ができている。いつでも舞台には緊張感がみなぎっている。

下男はかいがいしくマリーの身の世話をやく。しばらくすると、下男はマリーに、経済事情がひっ迫していることを告げる。それはあなたが何とかしなさいと言わんばかりに、マリーは風呂から出て、着替え、でかけていく。

主人のいなくなったあと、下男は、燭台をもって現れる。


下男　まっくらになりました。

だが、コブラや亀は頭をもたげ、さそりは立ち上がり、短剣は肉を切り裂くために身を輝かし、月は真っ赤に地獄を照らす。

聖なる女衒は港町へ去り、後の残った男たちは互《かた》みの心臓の海に情欲の錨を投げあい、求めあい……

次に、急にバッハの「トッカータとフーガ」が聞こえてくる。

急に麿さんの声のトーンが変わる。

下男　あたしだって、馬よりも逞しい死を死にたいけれど、この通りの醜女《しめこ》なの（しだいに女ことばになってゆき、真っ赤な口紅で唇を彩り始める）。醜女のマリーとみんなは言うわ。でも、あたしって、お月さまのもの狂い！　もう、とことんまで覚悟はできてますのよ（と立ち上がって鬘を頭にのせる。そして、「トッカータとフーガ」にあわせて、両手をひろげて、まるで悪魔に憑りつかれたように、夢遊病のように踊りだす。それはまるで水の中を歩いているようにゆっくりとしている。踊りをやめると手鏡をとりだして覗き込み）。ああ、うまいこと自分自身に化けたもんだな、これはあたしにそっくりだ。しかも、誰にも見せたことのないほんもののあたしにそっくり。

鏡よ、鏡、鏡さん。

この世で一番の美人は誰かしら？

麿さんの演じる醜女は、マリーの影（ドゥーブル）である。麿さんはできるだけ抑制した演技をする。そうすることでマリーと対極に位置することができる。舞踏ダンサーの麿さんは役になる、演じるのではなく、むしろそこにただ在ろうとする。一見すると素に近いので簡単に演じられると思えるのだが、半世紀以上も舞踏をしてきた彼しかこの存在感を現すことはできまい。

醜い下男の役も、マリーと対立した相対的な役割を演じるだけでは面白くない。そこに独立した個性が要る。毛皮のマリーの独特の世界にリアリティーを持たせるには美輪さんの演技力は欠かすことができない。しかし、その世界に奥行きを持たせるには下男の存在が不可欠だ。そうでなければ後半に、我々が当たり前と思って享受している現実を転覆させることなど不可能だからだ。寺山に麿さんの演技を見せたかった。

V

翌年、壱成と麿さんと中村栄美子の3人が出演する芝居『ボズマンとレナ』(アソール・フガート作)を大田区の立行会ホールで上演した。私は脚本と制作を担当した。

この作品は1978年にパリで上演された。ロジェ・カンパニー制作でイザベル・ファムションが脚本、ロジェ・ブランが演出、ジャン・カルマンが照明を担当した。

公演後、イザベルは私にフランス語のテキストを渡してきた。「この作品はニューヨーク、ロンドン、パリで上演してきたので、次は東京でね」と下駄を預けられた感じになった。

私の個人的な好みとしてはあまり政治的なメッセージの強い作品はにがてだったが、この作品はヒューマンドラマになっていたし、夫婦関係の描き方が日本人にも通じるものがあると思えたので、つい承諾してしまった。

しばらくして、俳優座の演出部のKさんが何かいい戯曲ないかしらというので、すぐに中村統子さんと翻訳にとりかかった。１９８０年春には出来上がった。しかし、台本を読んだKは「アフリカのアパルトヘイトの話は日本人にはあまりにもなじみがないわ」という答えが返ってきた。「ないからやる意義があるのではないか」と迫ると「見解の相違ね」とあっさりと断られてしまった。次に話をしたのが民芸のHさん、学芸員をしているというので本を渡した。答えは同じようなものだった。彼らにとってアフリカは遠い国だったようである。そこで、それなら自分でやるしかないと思えてきたのである。

それから15年後にチャンスが訪れた。１９９５年の夏に演劇評論家のU氏に相談した。彼は作品を読み気に入ってくれ制作の援助をしてくれるというのである。チケットの販売はCSに任せる。その代わり全チケットの販売のすべてを任せるというのである。そして、衣装はワダ・エミさんに依頼した。演出は森井睦氏に依頼した。

予算の関係でポスターもカタログも作れなかった。しかしチラシには吉本隆明氏の推薦状をいただいた。どうしてかと思われるかもしれないが、当時、吉本さんとボードリヤールの対談の本が紀伊國屋書店で出版された。その際吉本さんのフランス語の通訳を仰せつかった。その後、吉本さんのお宅にもお伺いしたということもあって無理を承知でお願いしたところ、快くお引き受け願った。その文章を紹介しよう。

戯曲『ボズマンとレナ』にとらえられたアフリカ像は、やさしい西欧からの段階像におもえた。レナは女性としてやさしいだけでなく、コサ人の瀕死なほど飢えた老人にたいして自由と孤独を知る西欧の個人のようにやさしい。またボズマンのやくざな性格と、レナを捨てコサ人の老人を足蹴にするきびしさは、西欧的なきっぱりとしたアフリカ像のように思える。(「早急な感想」より)

この作品はアパルトヘイト下の南アフリカで暮らす男女のカップルの旅物語である。2人は安住の地を探して旅するホームレスである。ところが、黒人である2人はたとえ僅かな土地にバラックを建てて住んでいても、すぐに追い立てられ、ほかに移らざるを得ない。そうして安住の地を探して都市の間を転々と移っていく。

ボズマンはいつも最小限の荷物を持ち歩いていた。そのうち、やり場のない怒り、疲労、お互いの不平不満が募り口喧嘩が絶えなくなる。そしてついにレナに対して暴力を振るうようになる。力ではとてもボズマンにはかなわないレナは気持ちをぶつける相手がいない。つい心が塞ぎ込みがちになり、「私は一人ぼっちよ」とつぶやく。

そんな時、現れたのが黒人の老人ウタである。ウタとは言葉もほとんど通じない。それでもレナは一生懸命に話しかける。そのうちウタは心を開く。

ウタ役の磨さんは役者としてはほとんどセリフがない。でもそれだからこそ身体的な表現が生かされる。アフリカの長い間の西欧社会による搾取によって、ある意味で言葉を発することすら意味を持たなくさせられた彼らの、沈黙、怒り、理性の力がその動きの中に凝縮されていた。レナと一緒に焚火にあたりながらわずかばかりのパンを分け合って食べているシーンは何度見ても感動的である。ワダ・エミさんは彼の演技を能役者のようだと表現したが、しかりである。

そのあと老人はレナという言葉を最後に残して、その場にゆっくりと倒れ、亡くなる。一方レナはそれを機にボズマンより先にその場を離れる、もうボズマンの力は及ばない。取り残されたボズマンはレナの後を追って歩く。ただひとり、亡くなったユタだけがそこに残される。

劇はそれで終わる。

ところがカーテンコールで他の2人が登場すると、今まで倒れていた磨さんがヌクッと立ち上がる、すると観客席から「おおっ」と声が上がる。舞踏家、磨赤児の演技力なのである。観客は劇が終わってからもその余韻に酔いしれていた。

注

（1）福島泰樹（1943年生まれ）日本の歌人、僧侶、朗読家、ナレーター。早稲田大学在学中に早稲田短歌会に入会。1976年より「短歌絶叫コンサート」を全国で開催。著書『バリケード・一九六六年二月』『福島泰樹全歌集』『寺山修司　死と生の履歴書』など多数。

（2）三枝昂之（1944年生まれ）日本の歌人。文芸評論家。日本歌人クラブ会長。山梨県立文学館館長。早稲田大学短歌会に入会。1968年には同人誌「反措定」を創刊。1978年には「かりん」に入会。『水の覇権』で第22回現代歌人協会賞受賞。歌集『農鳥』が第7回若山牧水賞受賞。評論、創作ともに新境地を開拓。

（3）室伏鴻（1947―2015年）日本のダンサー、振り付け家。1960年に土方巽に師事。1972年に「大駱駝艦」の創立に参加。1974年新聞「激しい季節」を刊行。1976年福井県に「北龍峡」を築く。舞踏派「背火」を主催。1978年パリで「最後の楽園―彼方への門」公演、舞踏を認知させる。

（5）カルロッタ池田（1941―2014年）日本の現代舞踏家。1974年女性だけの舞踏グループ「アリアドーネの会」を結成。1978年のパリ公演で大きな反響を得、日本の暗黒舞踏の先駆けとなった。その後はパリに拠点を移し、『小さ子』『Utt』『愛―アムール』などの作品を創作。

第13章　覗く人

１９８２年の６月にコスト氏は私のところに電話をよこした。パリ公演の可能性が出てきたというのである。日本のある財団が支援してもいいという。そこで、そのことを天井桟敷側に連絡して意向を聞いて欲しいというのである。早速、私は天井桟敷に連絡を取った。

電話に出た田中未知さんはその話に関心を示さなかった。「よくそんな話はあったけれど形になったためしがないわ」とそっけない返事が返ってきた。制作の九條今日子さんに連絡した。彼女は興味を示したが、「今はタイミングが悪いわね、あの覗き事件以来、マスコミも評論家もみんなそっぽを向き、さっぱりだわ。でももし実現するなら、ぜひお願いしたいです」との返事だった。

その覗き事件とは次のような事件である。

寺山は１９８０年７月３日、渋谷区宇田川町11番地「八綿荘」の私道に入り、朝日新聞社出版予定の『路地』の執筆のための取材をしていた。高取英は『寺山修司　過激なる疾走』（平凡社新書、

2006年）で「市井の人々のドラマを描写するため、スタッフもかなり進行させていた」（『太陽』1991年9月号「特集寺山修司」に「『路地』のユートピア―寺山修司の幻の書」として高取が経過を書いている）と弁明している。

テレビでこの事件をからかったコントが放映された時、高取は寺山宅の二階にいた。寺山の母・はつはそれを見て激怒し、高取にテレビ局に抗議しろと言った。後で寺山は局に電話し、番組は後に謝罪した。しかし、この事件の反響は大きかった。新聞、雑誌がスキャンダル記事として大きく取り扱ったからだ。

この日、「八綿荘」の所有者Kは一階でテレビを見ていた。すると庭先で人の気配がした。そしてカーテンのスキ間から外をみた。サンダル履きの寺山がうろついているではないか。すかさずKは窓から裸足で飛び出し、寺山の腕を摑み「何をしている」と尋ねた。寺山は犬の散歩をしていると言う。しかし犬はどこにもいない。よく見るとその男は寺山修司ではないか。Kは家族に警察に通報するように指示した。その間、寺山は神妙にしていた。すぐに警察がやってきて寺山は逮捕された。罪名は住居不法侵入である。略式起訴され、8000円の罰金刑を言い渡された。2日後寺山は釈放された。当時の週刊誌によれば寺山の奇行はこれだけではなかった。1975年の夏にも同じアパートのKの部屋を覗いていて逮捕されたのである。

寺山修司という人間を語るうえでこの覗き趣味（ボワイユリズム）は避けて通れない。

なぜかといえば、この事件はそれ自体が演劇的であるからだ。寺山は当時、劇作家、演出家、映画監督、詩人、歌人、エッセイスト、コラムニストとして名前を知られていた。でもそれはアングラの旗手としてであって、それだけでは多くの大衆に知られたことにはならない。ところがタモリがいったんテレビで寺山の東北なまりを上手に真似るようになると寺山修司の名は全国的に知れ渡った。

Kは寺山を見たあとすぐ窓から飛び出した。なぜか、それは寺山修司というシニフィアン（記号表現）に反応したからだ。そして、寺山を捕まえ、警察に突き出した。そうすることで、寺山の実像に迫ろうとしたのである。寺山修司という固有名詞が、有名な文化人である、という世間のイメージを覆すことができる。寺山は単なる破廉恥な覗き野郎であるということを世に知らしめようとした。Kは、この寺山の実像を世に知らしめることにより、即席のシニフィエ（記号内容）を手に入れたのである。寺山修司の真の意味を知らしめる。そうした記号を自分が生み出した。つまり寺山修司という記号を転覆させることで、自分が記号を手にしたことになる、そう思ったのである。

そのようなことは、寺山が劇の中で起こることをいつも願ってそうしたのである。しかし、今回、それは劇の空間でなくて現実の日常生活の中で起きてしまった。寺山はその現実を引き受けざるを得ない。いつも彼は「お前はただの現在にしか過ぎない」と言い聞かせている。自己を、他者とのギリギリの境界線までもっていく。そこでは自己は消失寸前になる。他者の到来とはそれほどのリスクを伴うことなのである。

思想が生きのびるためには、無構造的であるべきだとしても、演劇は無構造的にパフォーマンスを持つことはできるわけではない。私はしばしば、社会面にスキャンダルを提供し、追放の危機にさらされながら活動をつづけなければならなかった。マルセル・モースは、自らの夢の贋金の埋め合わせをするのは、いつも社会自身である、と言ったが、実際、私の演劇は社会自身の埋め合わせとの葛藤の繰り返しだったといってもいいだろう。……演劇実験室・天井桟敷の軌跡は、新劇という1ジャンルへの無の贈与を繰り返したのではない。あくまでも、呪術的な媒介作用を通して社会転覆を目指したのである。（『臓器交換序説』エピローグ、日本ブリタニカ、１９８２年）

こうした寺山が抱えたアポーリアは古代ギリシャの時代にすでに存在した。

ソクラテスは70歳になって都市国家アテーナイの裁判にかけられた。嫌疑としては、青年たちによからぬ教育をおこない、国家に不利益をもたらした罪。時々彼にはダイモーンという神が乗り移り、しばらくその場で動かなくなった。つまりよからぬ宗教に感化されているという罪である。これも当時では狂気の表れとみなされた。裁判中ソクラテスは自分にかけられた嫌疑に対して弁明しようとした。しかし途中から方向転換し、知を愛するものとしてその真理を希求する態度を貫こうと決心する。助かろうとして釈明するなどということをしないで、自分の真意だけを伝えようとした。そうしたソクラテスの態度に陪審員の心証はますます悪くなり、結果として有罪、それも極刑の死刑の判決が下された。

寺山はこのとき運よくスポンサーも見つかり、『奴婢訓』のパリ公演が実現した。結局、寺山が宇田川町で見ようとしたものは、現実の中には存在せず、劇の中にしかなかったようである。

第14章　レミング考

『レミング』は1979年5月に晴海の東京国際貿易センター（とはいっても大きな倉庫である）で上演された。このときは九條今日子さんからの案内がきたのででかけていった。上演舞台は、だだっ広い空洞な倉庫の一角に設定されていた。観客席もこぢんまりと作られていた。

公演が始まるまでは、私の視線はだだっ広い倉庫の暗い空間に向いていた。何か意味があるのだろう。舞台は、この暗い世界に囲まれている。早速、ストーリーを追ってゆくので、おつき合いをお願いする。

舞台は東京都品川区五反田本町2丁目1番　幸荘10号室、である。この幸荘は五反田駅前の1時間500円のイコイ撞球場の2軒隣りにある下宿屋。

下宿人である中国料理の見習いコックの王は手引書を見ながら、焼き豚の作り方を練習している。隣には17歳の妹と兄が暮らしている。兄妹は大きな天体望遠鏡をのぞいている。

王　信じられない……壁がなくなってしまっている。隣の部屋が丸見えだ。

王は兄妹に壁がなくなったことを告げる。兄妹は王を無視。

妹　世界を終わらせようと思ったら、いつでも目をつぶればいい。

兄　星が一晩に何十回も瞬きするのは、

妹　何十回も、世界を終わらせようって、合図なのよ。

王　（たまりかねて）天体望遠鏡で空ばかり見ているふりをしながら、案外、こっちの様子を観察しているのかもしれんぞ。……得体の知らねえ惑星などに、ひざの高さをふらふら漂われねえうちに、壁だ、壁を立て直してもらうことにしよう。

王は大家に壁がなくなったことを告げる。大家は囲碁に夢中でそれどころではない。あまりしつこく聞くので、大家は王のことを疑う。壁から独房の壁を連想したからだ。王が仕事から帰ると、兄妹は天体望遠鏡をのぞいている。王の部屋には見知らぬ男が2人、物差しで部屋の長さを図っている。壁の修理にやってきたという。

男1　2つの4畳半は、下宿人同士の好奇心の引力で、勝手に壁の位置を変える。

男2　こりゃ、何年がかりの仕事になるかもしれんなあ。

男たちは壁の代わりに文庫本を置いておく。サルトルの『壁』を置く。王が部屋から出ていこうとする。4畳半の畳の穴から母親の首が出てあたりを見回す。

王　お、母さんあれほど、顔出すな、って言ったのに。

母　どこへ行くの。

母があまりにもあれこれとうるさく干渉するので、王は母の脳天に、もぐらたたきで一撃を加える。母親は説教をする。すると、荘厳なミサ曲が流れ、壁が消える。隣の部屋には誰もいない。

「五反田の他人同士」が現れ、ひそひそと話す。住人についての噂話である。次には、毎夜、下宿屋の屋根裏に現れる「屋根裏の散歩者」が天井の節穴から見下ろしている。

郷田三郎は、何もせず、ただ他人のすることだけを見るために、屋根裏に、あがることにした。

その声　上から見ると、壁が見えないでがんしょ。

王はうなされる。犬が吠え、1人のランナーが走る。隣の壁代わりの球体が少しずつ大きくなる。

その声　下宿人たちは、人目のないところでは、誰もが異常に変わる。

青白いあかりの中で、兄は妹をいたぶる。

次は、映画の一場面。様々な衣装の出演者が中央に集まる。監督と女優のやり取り。

監督　ヒロインは、いつも物語を欲しがっている。ところが、物語ってやつは、大抵、行き止まりなんだ。鏡のように見えるが、実は壁だ。……

影子　あたし知ってるのよ。これがテレビのニュースだってこと。

王はたまりかねて、

王　あの、まことに言いにくいのですが、ここはわたしの部屋なのです。

監督は、王を無視して、撮影を続ける。

次に舞台は、禁止事項や、不条理によって出来た都市に代わる。人々は、隠れ家を探す。壁よりは箱が必要となる。3人の女監視員（少女探偵団）が現れ、大きな声を出す。

女監視員1　マンホールから潜望鏡が出てきてあなたのうしろ姿を狙う。

住人は背中をかくしながら、隠れる。そうして他の2人も何か言うと、住人は隠れる。合唱曲「頭足人」が流れ、アフリカ探検隊員の一行が舞台を横切っていく。やがて、ミニチュアのリアカーを引いた男が、眠っている王の枕元に近づく。王は目覚め、起きる。

王　誰だ。

男　保健所員です。

王　何しに来た。

男　いらなくなったお年寄りは、いませんか？

王は、「帰れ」と言って男を追い立てる。床下から母親が首を出し、見送る。次のシーンは精神病棟内。車椅子の妹は、毛布をかぶり眠る。そばで看護婦と医師が話をしている。そこは精神病棟内。2人は遊戯療法で医師と看護婦を演じている。2人にとって王は新入りの患者である。

看護師　あの患者も、個室へ移した方がいいと思いますわ。最近おかしいんです。壁が消えたとか言って。

医師　あした、消毒用の噴霧器で、徹底的に脳をあらわせてやろう。

車椅子の妹は毛布をはねのけ、心配で顔を出した母親を慰める。妹は自分こそ本当の看護婦だと主張。

母親　看護婦さん、うちの息子、くれぐれも守ってくださいよ。

幾重もの壁の外から歌が聞こえる。壁に囲まれたスペースに2人の囚人がいる。

囚人1　おまえ、何描いてんだ。ドアだな。

囚人2　出口さ。

囚人1が描いたドアの把手に触ると、ドアが開く。女看守が顔を出したり、映画の撮影隊一行が入ってきたりする。2人がドアから出ると撃たれ倒れる。これも映画のシーンの中。迷路の中から顔が出る。エキストラの女優が稽古をしている。壁には光のみが映写されている。王と影子が睨み会う。

影子　心配しなくてもいいの。

王　でも、もう一つのカメラがどこかで。

影子　隠し撮りをする、テレビカメラ。でも大丈夫、人生は映画、テレビじゃない。

影子は王に、窓を閉めろと言う。そうしているうちに、白衣の兄と看護婦が入ってくる。看護婦は影子の脈をとる。王はこれも映画のシーンかと尋ねる。

兄　これは、映画ごっこを取り入れた遊戯療法ってやつだ。

王は、兄に、妹のことを聞く。兄は無視。監督が王に台詞を覚えろと。王は台詞などないと迫る。監督はコック見習いの役だという。四方から役者が登場し、王を取り囲む。

影子　あなたの訊ねる事実はなまもの。すぐに腐るわ。だから、事実には、身に着けるやさしい色の肌着が必要なのよ。事実はすぐに風邪をひく。事実は身も口も軽く、蠅みたいにとびまわり、安いお金に身を売って、呼びもしないのに迷い込んでくる。

影子は王に銃口を突き付け、撃つ。王倒れる。やがて鼠のように黒帽子が動き回る。王の倒れているのを見て母親が驚く。王は役を演じているつもり。それも影子の夢の中で。母は納得できない。

母　夢には夢を、だよ。王。母さん、お前は眠ってしまったんだ。個々のあるものはみんな、あたしの夢だ。夢の中じゃ何したって文句言われないからね。

母は四畳半を耕し始める。すると床下には菜の花が咲く。そこは母の夢の世界。

母　落ちていけ。もう、どこにも行かせるものか。

王、床下へ。蓋をする母親。そこへ探検隊の男現れる。また壁が現れる。

母　これはあたしの夢じゃない。とび出すネズミが、たった一匹。
　車椅子の妹が、立ち上がり「風だあ」と叫ぶ。壁は消える。でも人々が倒れている。
王　夢から覚めたのかな。それとも夢が見られるようになったのかな。
　人々は立ち上がり遠くで消えていく。それを見送る王。

扇田昭彦は、この作品について、次のように批評をしている。壁の設定に象徴されているのは、個への信仰であるという。その個の壁を取り払った後に見えるのは、あらゆるものが混交する無秩序と偶然の世界。個我意識の壁の外部には多くの別の劇が渦巻いている（『美術手帖』）、としている。

当時寺山は日本の資本制社会が高度に発展し、国家が多くの富を蓄え、国民もその分け前にあずかり、充足している事実を背景に、舞台設定をしている。個人はそれまでの封建的な社会的な軛から解放され、自由を謳歌しているかに見える。
まずそうした状況に対する寺山の覚めた目線がある。貧しい東北の田舎から上京してきた寺山にとって、そう簡単に村落共同体を解体するわけにいかないのだ。彼にはいつも母親の影が付きまとっている。彼が母親コンプレックスだったと言って簡単に片づけるわけにはいかない。むしろ都

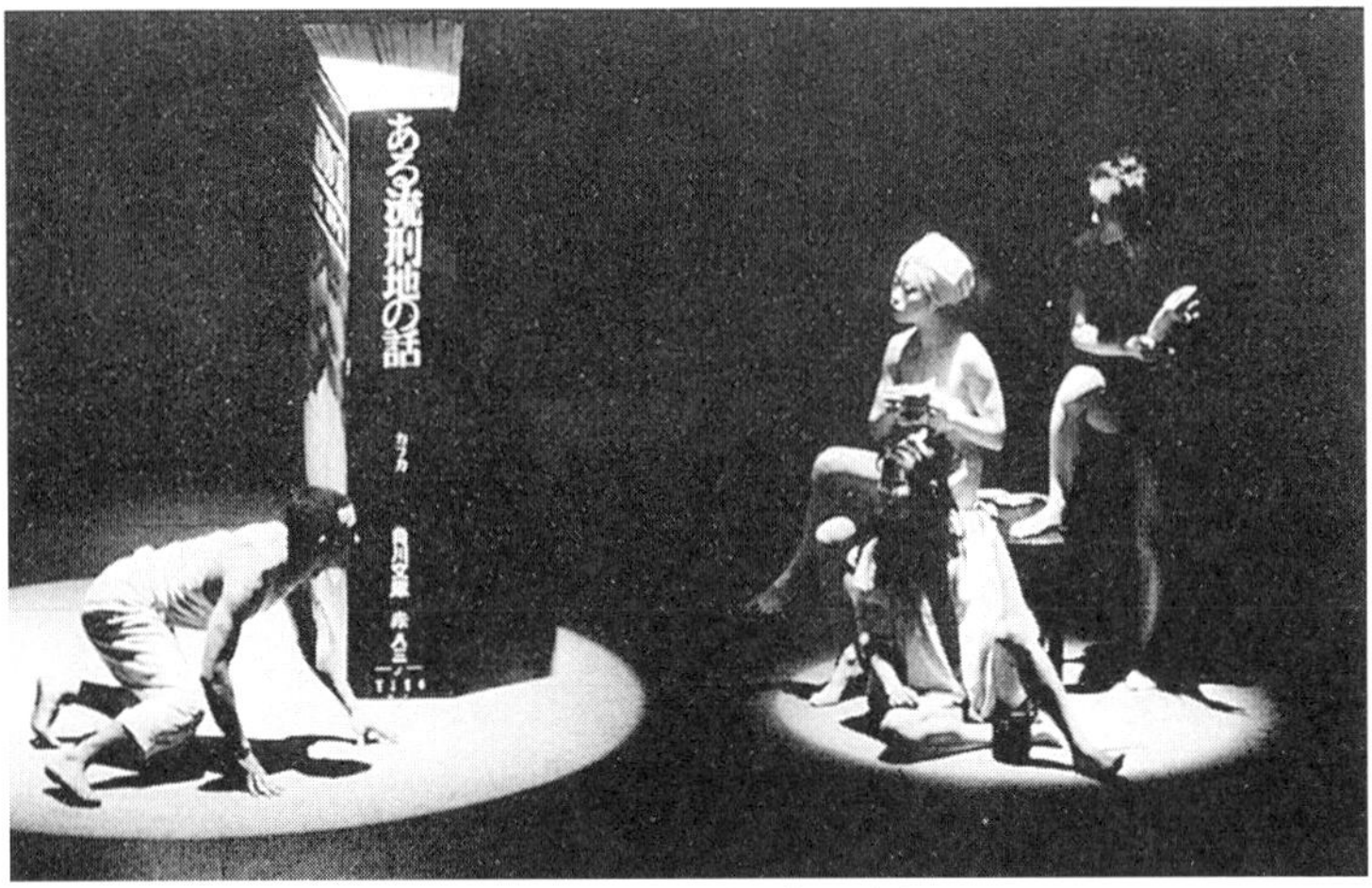

『レミング』1982年、紀伊國屋ホール　撮影＝木田勝久
（『寺山修司演劇論集』1983年、国文社より）

市と農村、中心と周縁、グローバルとローカルの問題が横たわっている。

主人公の王はコック見習いである。彼は、ハムレットでも若きウエルテルでもない、地方から都会にでてきた、ただの下層労働者である。母は地下生活者。最悪の状況におかれた人たちである。この設定自体が独特である。インテリでもない、プロレタリアでもない、ただの男が主人公である。その彼が生きている社会にはいたるところに壁がある。人々は階層社会に飲み込まれている。自分の属する階層の中で暮らしている。しかし各個人は孤立している。国際的には冷戦下にあり、それによる閉塞感は増している。

主人公の王は都会の片隅でひっそりと暮らしている。しかしそこにありとあらゆる出来事が起こる。都会化現象ゆえに起こる出来事であるが、バブル化した消費社会の様相は一種魑魅魍魎と化す。

しかしこの劇ではそれらの光景が詩的に描かれている。いや映画の一シーンのように描かれるのである。つまり、作者の寺山はそれらの現象に距離を置いて眺めているのである。タランティーノの映像世界の先取りと言えまいか。一種キッチュな世界があり、あくまでB級なのだがポエジーがある。この詩的イメージは言語だけでなく、あらゆる劇的表現に及んでいる。そこには寺山の実存的な視点が原点に潜んでいる。

寺山は自らに不治の病をかかえて生きてきた、という意識・経験（ベンヤミン的な意味で）がある。彼の病の認識は「おのれの発展の原理を病理学的な現象への問いかけにしか見出すことができなかった」（『フーコー・コレクション6』ちくま学芸文庫、415p）と言える。彼は病気の体験から、認識作用の根源的な意味を求めた。演劇人として、病んだ生体の中にその意味を探していた。そして、生命とは誤ることができるものであることを知る。生命としての正常は異常さを通して知ることができる。

寺山の認識は、こうした病むことの偶発性を自らの存在理由にしていったところにある。そうした偶発性があるからこそ、寺山は自分の存在が、決しておのれの場に落ち着けないような状況に追いやられる。彼はさまよい、病むことを続ける。

この作品の後半の展開においてそうした決意が見られる。「真理とはこの上なく深いウソである」とニーチェは言ったが、そうした認識がこの作品を特徴づけている。病の側からの逆転した発想によって、生きることの真実全体を知ることができる。

寺山はこの作品の前にフーコーと対談している（「犯罪としての知識」）。フーコーの狂気、監獄、病理、医療、への関心が晩年の寺山にも見られる。それがこの作品の後半に現れる。病院、映画、夢の世界にあるのは虚構の世界、そちらから見た世界のほうが、我々の現実を正しく捉えることになるのだ。この転覆こそが理性の覚醒へとわれわれをいざなう。

ただ寺山は、それが狂気や夢に近づいたとき、罠にとらわれることには無自覚であったようだ。理性と狂気のはざまの意味に自覚的であったなら、避けたはずである。なぜなら狂気の言説はモノローグ的にしか成立しないのだから。狂気とは沈黙の外にしか成立しないのである。

これらの世界の独特の過剰さがその相貌をあらわにしたとき、それを表現の世界に置き換えようとする場合には、その本質を失う危険があるのだ。つまり、それを伝えるためには、狂気、異常さと違う次元が求められるからである。

それには、正常と異常が分かれる以前の状態の瞬間の覚醒がいるのだ。

だから、この作品の終わりに王が「エッ、眠っているときでも夢を見ることがあるんですか？」とつぶやくとき、劇場は暗くなっているのである。

我々観客は、帰りに再び闇を通過しながら、自らの狂気・理性のありかを知るのである。

あとがき　対談

寺山修司と生誕の地、弘前

石田和男＆鎌田紳爾

石田　この対談は『寺山修司を待ちながら』のあとがきに当たるわけですが、特に寺山修司の出生について話すところから、始めたいと思います。

たまたま去年（２０１９年）の９月に「寺山修司誕生祭」を初めて弘前で開催しまして、そのときに、生前の寺山と私は晩年付き合っていて、仕事でなんですが、その間に寺山からの故郷に関するイメージは三沢や青森が多かった。寺山から一度も弘前という言葉は出てこなかった。それから何十年か経ってから、実際には６年前ですが、私がたまたま仕事で弘前に来たときに、初めて寺山が弘前で生まれたことを知ったということがありました。それは私にとってかなりショックというか、意外なところがありまして、どうしてだろうという疑問がありました。なおかつ、弘前の土地に来てからいろんな人にお話を聞いても、寺山修司がこの町で生まれたということを知っている人は少ない、もしくは関心のある人は非常に少ない。それも意外でした。

この二つの意外性から私の意向としては、是非とも何とかその謎というものに迫る意味でも誕生祭を企画して、寺山修司の生まれたところが弘前であるということを知っていただく。同時に寺山修司が弘前で生まれたということの意味を、もう一度掘り下げてみたいという気持ちがありまして、こういう企画を進めました。その中で幾つか見えてくることがあろうかと思いますので、そのときに参加してくれた鎌田さんに来ていただきまして、その辺のところのお話を伺いたいと思います。

鎌田さんは以前『ふたりの修ちゃ』という本を書かれて、その辺についてかなり詳しく調べておられることもありますので、今日はそこについてのお話を中心にして話を進めながら寺山に迫ってみたいと思います。まず、最初に寺山の弘前生まれということについてなんですが、実際には紺屋町というところですけれども、どういうところに生まれたというふうにお考えでしょうか。

Ⅰ　寺山の生誕をめぐって

鎌田　寺山が弘前で生まれたというのは父親の仕事の関係なんです。寺山のお父さんが警察官で、その転勤で弘前に着任しました。その理由は当時弘前の陸軍師団に秩父宮殿下、つまり昭和天皇の弟さんが大隊長として赴任されたその特別警護なんです。そのために弘前に来て殿下の宿舎が菊池別邸という紺屋町の近くということで、その二十五番地の二軒続きの棟割り長屋の一軒を警察が借り受けて住むことになり、そこで寺山が生まれたということです。

石田　その中で一つ疑問として出てくるのは、１９３５（昭和10）年12月10日に生まれたとなっていますが、実際に役場に届けたのは翌年の1月10日、つまり生まれた1カ月後になったという、この誕生日が1カ月遅れたのはどういった事情からなんでしょうか。

鎌田　寺山が32歳の時に書いた、早過ぎる自叙伝『誰か故郷を想はざる』の中に書いていますが、父親は仕事が忙しくて結果的にはお母さんが産後の休養を取った後に自分で届けに行かざるを得なかった、というところで一カ月遅れたと本人も述べています。また、寺山さんが亡くなった後に母親のはつさんが『母の蛍』というエッセーを書いているんですが、その中でも同じようなことを書いていますから、そのことについては間違いはないと思います。

石田　産後療養が理由だったと。

鎌田　当時は病院ではなく、お産婆さんが来て自宅で生まれることも多かった。

石田　寺山自身が、自分の出生が弘前であるということを、どうやら後になって曖昧にしているというか、濁している部分があると思うんですよね。例えば「自分は走る汽車の中で生まれた」なんてエピソードがありますけれども。

鎌田　この「走る汽車の中で生まれた」というのは、寺山がお母さんのはつさんに「僕はどこで生まれたのか」と聞いたときに「おまえは走る汽車の中で生まれたので、出生地が曖昧なんだと言った」と書いてあるんですね。ただし、寺山はその中でそれは本当のことではなく「自分は汽車の中ではなく、青森県の北海岸の駅舎で生まれた」と書いているんです。それが本当のことだと自叙伝には書いてある。でも、「北海岸」といわれる場所は青森県の中にはないんですね。いかにも「北」

というとありそうだけれど、青森県の日本海側は「西海岸」という言い方をしますから、おそらくそれに引っかけて「北海岸」という虚構の土地を作ったと思います。

Ⅱ　寺山の父・八郎という人物

石田　そうですか。そういう寺山自身の生まれについての曖昧さというのは、もう一方で父親との関係の中で生まれてきたのではないかという考え方があります。実際には、彼の作風の中で庶民派というか、田舎の貧しいところの出だというイメージを打ち出すところがあるわけですけれども、それと実際の父親なり家庭の関係とのギャップはなかったんでしょうか。

鎌田　これは大きいですね。彼の創作における一つのキーワードになるのは、幼児から中学校に入るぐらいまでの生育歴というのがとても大きいような気がします。というのは先ほど申したように、寺山の父は警察官で、弘前で寺山が生まれた後は五所川原、浪岡、青森、また八戸に行ってというように、自分が5歳くらいになるまでの間に次々と転居しているんです。それは彼の記憶がどこまであるかはともかくとして、そういった転居のことは母親からは聞いていたでしょうけれど、実はそのたびに父親は偉くなっているんです。巡査長から巡査部長、そして最後の肩書は特高の刑事ですから、これは地方においては警察官のエリートだったと言えるんですけれども、そのことをどうにかして隠さなければならなかった理由があったんじゃないかという気がします。

石田　それから、お父さんは単にお巡りさんというだけでなく、かなり若いときから文学などに造詣があったとか。

鎌田　はい、インテリです。父の八郎という人は三沢の生まれですが、入学したのが弘前の東奥義塾という学校で、これは県内のみならず日本でも有数の古い学校なんですね。かつての藩校「稽古館」が明治5年の学制発布と同時に創立した学校ですから、そこには県内でもかなり優秀でなければ入れなかったんです。そういった学生時代に弘前に住んだ経験は、寺山八郎の勤務地が弘前になった理由の一つだと思います。

石田　そういう意味では寺山に父親の持っている教養が、間接的にでも幼少期から影響していたと見てもいいんですよね。

鎌田　そうですね。それから、八郎は東奥義塾時代にはテニスの選手であり、弁論部にも所属し弁論の力は大したもので、北日本の東北大会に招待されるくらいのレベルでありましたし、『學友會誌』にも彼の評論『人生と宗教』という素晴らしい文章が載っていて、それを思うとかなりの文才があったということは言えると思います。

石田　そうすると、そういうところから生まれる父親像というのは、一方では警察官なり特高になるという、後に東京に出て行った寺山にとって、そう簡単には皆さんに私の父はこうでしたと言いづらい。また逆にポジティブで積極的な意味では、そうはいっても父親の持っている教養というものについて、どこかで憧れなり、そういうのを受け継いでいるという自覚の中でアンビバレントな意識が寺山にあったと見るべきでしょうか。

鎌田　大いにありますね。むしろそれをバネとするというか、後に彼が虚構を創り出す一つのきっかけになったのが父親であったと思うんです。その一番の大きな理由というのは、父八郎が戦地に招集されてセレベス島というところで戦病死していることです。寺山の父親の記憶というのは、八郎が戦地に赴いた5歳くらいまでしかないわけで、そういった経験も寺山の創作に大きく影響していると思います。

石田　そうですね。それからアンビバレントな父親に対する態度というか関係が、ある意味で寺山が後に俳句や短歌という短詩型の定型に引き寄せられていく原因にもなる。つまり、一貫した合理的な論理性というのを必ずしも必要としないような、そう言ったら語弊があるのかもしれないですけれども、短歌や俳句はある意味でアンビバレントさをテコにして韻律をつくっていくようなところがありますよね。

鎌田　寺山は高校時代に「暖鳥」という青森の俳句結社に親友の京武久美と共に所属しています。俳句っていうのは名を伏せてみんなで出した句を、そこに集まった人たちが選句して、あの人は何点入った、この人は何点入ったというふうに評価をするわけです。寺山はそれが欲しかったんです。みんなに評価されたい、いい点数を取りたい、少なくとも京武よりいい点数を取りたい。そこで彼が考え出したのが物語なんです。それまで俳句っていうのは花鳥諷詠の世界ですから写実。つまり見たままを詠むというのが主流だったのが、寺山はそこで大きくフィクションにしちゃった。最近ではそんなところが評価されるようになりましたけれども当時としては珍しく、俳句的ではないという言われ方をしたんですね。でも、それで高い点数を取ることになって寺山は自信を持ったんじゃないでしょうか。

Ⅲ　寺山はマザコン？

石田　もう一つ、お父さんとの関係もさることながら、お母さんのはつさんの影響も大きい。特に後の彼の創作の中で、『田園に死す』とかいろんな作品の中で、母親との関係が非常に大きな位置を見せているというか、見方によればマザコンじゃないかという見方も出てくるくらいお母さんの存在が非常に大きかった。それは、一つはお父さんが転々と仕事で転勤していく中で、自分と母親がいつも一緒にいるということと関係すると思うんですけれども。

鎌田　それまで父親がいて母親がいてという関係性から、母親どっぷりにならざるを得ない環境にあるわけです。そこで、はつさんも大事に育てたと思うんですね。だからさっき石田さんがおっしゃったように、マザーコンプレックスじゃないかというのは当たっていると思います。ただ、その中で戦後三沢の米軍キャンプに勤めた母親が自分の上司だった人に付いて九州に単身で行く。そのために寺山は青森のはつさんの大叔父に預けられる。それには捨てられたという感覚もあったように思います。

石田　一方で、寺山にははつさんが一生懸命自分で働いて送金をしていたということがあって、そのお金をもらった自分は一生懸命お母さんに自分はこんなに頑張っているよと勉強の成果を教えたりして、かなりお母さんに対する感謝の気持ちというのはあった。それから、いわゆるお母さんに対する米軍基地に働いているから良からぬ噂もあったんですが、それに対する疑念というのは寺山にはなかったように見えるんですけれども、その辺はいかがでしょうか。

鎌田　これも彼の創作かどうかはっきりわからないけど、夜中、酔っぱらって、米兵にジープで送られてきたなんていうことくらいしか書いてないです。それが本当かどうかは別として多少感じる部分はあったとしても、それが母親に対する恨みにはなっていない。むしろ、私はそのときから何となく一人物語をつくるということに、彼は向かって行ったんじゃないかと思っています。

石田　そうすると、父親もさることながら、はつさんという人はどういう人だったでしょうか。

鎌田　あまり父親とどこで知り合ったかということは語っていないんですね。ただ青森市の人間であったということは書いています。また、それはおそらくかなり創作的なところはありますけれども、坂本家の女中だった女性に坂本家の倅が産ませた子供だと。そして、映画館、当時は芝居小屋でしたから、その畑に捨てられていたというんですが、どう見ても青森市の街中の芝居小屋に畑があるというのは考えにくい状況です。ですからそこにも寺山の創造、虚構というのが表れているんじゃないかな。また、別の人には母親は酌婦であったと語っています。そこはどういった飲み屋かはわかりませんが、そこで父親と知り合ったということは十分考えられますね。

石田　一方で父親のインテリで尚且つエリート警察官という固いイメージと、もう一方でお母さんはどっちかというと柔らかいイメージ。それから柔らかいだけじゃなくて、米軍基地で働くわけですから、全く外の世界を寺山の世界に持ち込んでくるというか、ハイカラなものを吹き込んでくるような役割っていうのもあったんでしょうか。

鎌田 それはずっとあったと思うんです。ですから寺山は母親のことを詳しく書いていないんですね。言ってないんです。それに比べて『誰か故郷を想はざる』の父親像というのは、エリート警察官で伝統ある名門校を出てというところからすると、全く違う人物像に彼は書いているわけですよ。吃音で赤面症でアル中で家にいるときはほとんど痴呆のようであったというような書き方をしています。私はそこに実際の父親像とのギャップの大きさに驚いてしまったわけです。

石田 寺山という創作者、アーティストとしての寺山修司という人を考える上で、最初の父親像、父親にアイデンティファイするとか自分の憧れとして自己同一化していこうとする、息子が父親にそういう関係を持っていくことがあると思うんですけれども、逆に、父親と全く違うイメージに彼自身がすがっていく、そういう必然性というか動機はどこにあるんでしょう。

鎌田 彼が俳句を作り始めたときの材料として父親を使っているんです。つまり、周りはお父さんが戦病死したことは知っていますから。まあ、そういう子供であると。当時はそういう子供はたくさんいましたからね。実は京武のお父さんもそうですが、その同情を買うように俳句の中に取り入れると、高い点数が取ることが出来ることを寺山は発見したんです。つまり「父還せ」とか「父の莫迦」というような言葉を使ってみるとか。もっとも「父還せ」は京武さんのパクリなんですが。

石田 要するに、悲劇性ですね。

鎌田　そう。悲劇の父親、悲劇の父無し子を俳句に虚構として折り込んでいった。

Ⅳ　悲劇の系譜

石田　これはニーチェが言っていますけれども、ニーチェの『悲劇の誕生』の中に、いわば一種の系譜として、悲劇の系譜というのは必ず過去にさかのぼっていくんですね。系図が出てくる。そういう過去の自分の出生に対する過去の系図があって、その系図をたどっていくと、ニーチェだったらばオイディプス王のようなテーバイ王家の神話の世界、その神話の世界の中に繰り込まれていく家族の悲劇というか、そういうのはありますよね。そういうものを見出しながら、自分の出生というのを探り出していく。出生が持っている悲劇性というか、そういうものを自分が背負って生きていく、テコにしていくというふうにニーチェは見ていますけれども、寺山もそういう、ある意味でナラティブとして、物語としてそういうものを好んだということはあるかもしれません。

鎌田　全くそのとおりです。彼の最初の大きな挫折は、早稲田大学に入学して一年も経たないうちにネフローゼになって入院してしまうということです。そこから彼は結果的に入院生活が長くなり大学を中退せざるを得なくなった。中退者としての自分がそこに存在したときに、やはり過去にさかのぼって、その悲劇性を構築していったと私は思っています。

石田　それはまさに、ニーチェやカントの言うとおりですね。自分が、どこから来て、どこへ行くのか。作家とか芸術家というのは必ずそういうモチーフがありますけれども、出生なり系図なり、そういうものにさかのぼっていく。それとつながることによって、自分の創作モチーフというか、そういうものも生まれてくるという面があると。

鎌田　そうすると、結局、ただ早稲田大学に入って中退した男、でも実際は父親がエリートだったというのは、物語性と悲劇性に欠けるんです。芸術っていうのはどこかに悲劇性が必要ですから。

石田　そうですね。それから悲劇性というところでは、彼が9歳になった昭和20年には青森市内にいるんですけれども大空襲で焼け出された。母と二人で燃えている町の中をさまよいながら逃げるわけですけれども、そこで人が亡くなっている死体を見たり、そういう特殊な人々の、つまり悲劇ですよね。普通だと人生の中でそんなこと体験できるはずもないのに、まだ10歳の少年がそういう体験をしたということも非常に大きな彼の原風景になっている。

鎌田　大きいですね。その原風景に彼は地獄を見たわけですよ。それは後の演劇にかなり大きな影響を与えています。ただ、それは彼の特別な体験ではなく、当時青森に住んでいた人間の共通した体験でもありますが、その中で彼は物語を構築する一つの材料を得たという感覚があったんじゃないでしょうか。

石田　同時に、同じ年の9月にお父さんがセレベス島で亡くなっているという知らせが来まして、これも悲劇性を増加させている要素として考えられるんじゃないかと。

鎌田　そうだと思います。

石田　しかし、同時にお母さんが今度は三沢の米軍キャンプで働くという、これまた何というんでしょうか、全く天国と地獄じゃないけれども、一方でお父さんが亡くなり、日本の多くの国民が戦争の悲惨な目に遭っているという現状と、逆に今度は米軍が来て全く違う文化、全く違う社会の方向性をよしとするかどうかというのはあるでしょうけれども、そういう意味でお母さんの転身というか、これは生活のために仕方なく米軍で働くわけでしょうけれども。

鎌田 ただ、私は仕方なくというよりも、はつさんはもっとしたたかというか、つまり米軍に働くということは、自分の夫が亡くなる原因となった戦争を始めた日本に対する一種の抵抗というか、復讐的な意味合いはあったかも知れないと。

石田 逆にね。

鎌田 まず考えられることは、戦時中、日本人が全員、鬼畜米英ですから敵なんですが、日本人はアメリカ文化への憧れというのは常に持っていたということもあるでしょうね。ですから寺山が自分の叔父さんの家に間借りしてから、米軍の建物を払い下げ住宅に母親と住み始めたときには、アメリカ製の物はたくさん家にあったらしいです、食べ物とか飲み物とか。

石田 寺山にとっては全く違う情報というか、全く違う世界がそこにあったと。

鎌田 それは当時の三沢の子供たちとは大きく違う点だったでしょうね。そこにやっかみもあり、いじめも受けたというのは大きいですね。

石田 それはよくわかります。私も実は神奈川県の横須賀市生まれなので。横須賀市も米軍基地があって、父親もそこのキャンプで働いていたということがあって、帰りに米軍基地からいろんなものをもらって、ケーキだのアイスクリームだの、そういうのを小さいときに食べていたときに、近所の子供に揶揄されたという記憶があります。そういう意味では、寺山をよくわかるような気がしますね。ですから終戦の１９４５年という年は、寺山にとっては非常に大きな転機の一つ、ターニングポイントだと言ってもよかろうかと思います。

鎌田　そうですね。

石田　それから寺山は12歳のとき野球少年になって、少年ジャイアンツの会に入ったりボクシングに通ったりして、新しい戦後の生活に激しく飛び込んでいくような、少年らしいといえば少年らしいイメージがそこにありますけれども、後になると寺山の世界の中には遊びの精神というか、そういうのがいっぱいありますよね。それも傍若無人というか縦横無尽に動き回る彼、あまり固定観念にとらわれない自由さというか、アメリカ的な自由さというのを一番寺山自身が享受していたのではないかと。

鎌田　そうですね。彼はアメリカ文化を非常に謳歌していたと思います。

石田　暗い戦後の影っていうか、そういうのはあまり見えない。ところで、なぜ寺山は短歌や俳句の短詩型に耽溺していくのかということなんですが、１９４８（昭和23）年、寺山修司は12歳になります。このとき古間木中学校に入ります。そして、翌年の昭和24年、13歳のときには映画館を営む青森市の母方の大叔父夫婦に引き取られて映写室の屋根裏部屋で暮らすようになります。この辺が少年寺山修司にとって、一つのまた大きな転機になっていくのかなと思いますね。

鎌田　今、石田さんが映写室の屋根裏部屋と言いましたけれども、それは正確ではなくて「スクリーンの裏側」なんです。ですから彼は常に裏側から映画を見ているというところに身を置いたわけです。その前に、寺山は三沢で小学校と中学校も三沢に入りましたけれども、そこで地元の子供たちと遊ぶわけです。その中には自分と一緒に住んでいた同い年の従兄、寺山考四郎さんというんですが、後に寺山修司記念館の館長をした人です。彼に話を聞くと、従兄であるけどやっぱり弱っちい寺山を自分も周りの子供たちと一緒になっていじめたという経験を彼も語っていました。見るからに寺山は、当時もそうだけど威張るような感じには見えないですね。

V　「かくれんぼ」の構造

石田　お母さんと生活していても一人でいることが多かったので、いろんな本を読んだり創作をしたりして、中学に入って俳句もやり出すということもあって非常に内面的な少年像がイメージされるんですが、それはどうでしょう。

鎌田　そのとおりだと思います。そういうことから、やはり彼は図書室に行って本を読むことも多かったでしょうし、実際、あまり授業に出ないで図書室で本を読んでいたと言う人もいましたので、そういうところに彼の孤独は表れているんだけれど、彼は孤独のままで終わらなかったと思いますね。常に仲間を作ったということも、彼の特徴の一つだったと思います。

石田　その仲間を作っていく中で、例えば、かくれんぼなんかすると、彼は特殊な体験をして、かくれんぼで鬼になったりするんですけれども、鬼になるのがちょっと怖いという、後に彼の作品の中にも出てきますけれども、それはどうしてなんでしょう。

鎌田　それは彼の体験によると思うんですね。いじめられつつも仲間は捨てられないわけです。仲間といろんな遊びをする。その中にかくれんぼがあって、彼が鬼になったときに「もういいかい」と言っても何の返事もない。気がついてみると、誰もいなくなっていた。そしてあたりは薄暗いという恐怖感というのは、一つの後のトラウマになっているかもしれませんね。

石田　そうでしょうね。だからそれが後に彼が、例えば『田園に死す』という映画、最初は俳句のタイトルでしたっけ。

鎌田　歌集のタイトルですね。

石田　歌集のタイトルね、それに使ったりします。その『田園に死す』というタイトルなんですけれども、後にフランスの映画祭で『田園に死す』というタイトルが、フランス語で「カシュカシュパストラル」、つまり田園の中でかくれんぼをするというタイトルになっていますけれども、それほどある意味でかくれんぼをして鬼になることの孤独さを彷彿とさせていく、自分が孤独になるのは本当に嫌だったし怖かったという体験があの映画にも非常に強く出ていますよね。この原体験というのはいかがでしょうか。

鎌田　例えば、同郷の太宰治の生家近くにお寺さんがあって、そこに地獄絵図があるんですよ。それをさんざん見せられたときの恐怖を太宰は書いていますけれども、似たような体験になっているんじゃないでしょうか。そこからまた物語を紡ぎ出していく。そういった中で、当時三沢にいて寺山が一番恐ろしいと思った場所というのは恐山だったんじゃないのかなという気がします。

石田　そうですね。これは私も今回の本の中で触れていますけれども、津軽にはそうやって先ほど出た太宰治の生地の近くに賽の河原、あそこについてちょっと私も触れていますけれども、いわば雷が落ちてそこに地蔵さんがあったというところから賽の河原という発想が。

鎌田　川倉地蔵尊ですね。

石田　そういう一つの地獄、あの世とこの世の境目みたいな。

鎌田　そうですね。共通した風景がありますね。風車が回っているという。

石田　そうそう。津軽半島と下北半島、それぞれにこの世とあの世の境目みたいなドロドロした地点があるという、これは津軽独特の感性でしょうけれども、そしてそこには巫女さんがいて、もしくは口寄せとか。

鎌田　イタコといいますね。

石田　そういう人たちがいて、いわばあの世に行った人たちが下りてきて、その人たちが喋っていることを口寄せしていくという風習があったりしますけれども、そういうのに寺山もある意味で少年期に、恐れというのを感じていた。

鎌田　とても大きいと思います。そこは大なり小なり我々にもあります。お寺さんであるとか神社に潜むスピリチュアルな面と同時に恐怖というか。

石田　それはある意味で日本だけじゃなくて、これがやがて映画になって、カンヌ映画祭まで招待されますけれども、この発想は外国の人にも通じるところはあるみたいですね。かくれんぼというのは向こうにもありますから、かくれんぼに中における一つの生と死というか、闇と光という二元性がそこにあるということは言えるかもしれません。

鎌田　それは彼の演劇の中にも一つのテーマとしてあったんじゃないでしょうか。

Ⅵ　早熟さ

石田　中学に入ると寺山少年は俳句にのめり込んでいきます。そこで俳句を作り、13歳になると東奥日報に俳句を投稿してそれが入選したりしますけれども、その辺のところはどうなんでしょうか。

鎌田　そういった孤独の中で見つけ出したのが俳句であり短歌であったと思います。中学時代はあまり俳句に特化していないような気がします。短歌も作ってはいたんですが、そうやって入賞すると嬉しいですよね。認められるというか。

石田　先ほどおっしゃったように、俳句や短歌の中に彼自身の独特の物語性というか、そういう特徴は寺山風短詩型というか。

鎌田　これははっきり言っていいと思うのですが、先ほども申し上げましたが、顕著に表れたのは俳句という写生の世界と、境涯を詠む短歌の世界の両方に虚構を持ち込んだことです。短歌は境涯や自分の人生を過去に遡ってもいいのですが、寺山はそこにも事実ではなく大胆に虚構を持ち込んだ。それが『田園に死す』という歌集によく表れていると思います。

石田　そして14歳、昭和25年ですけれども、彼は短歌だけではなくて童話なども手がけますね。これは当時の三沢なり津軽の地域と南部の地方における寺山少年が周りの世界というか、風土という原風景に少しずつ短歌を通して写生していく。表現を通して写生していく中で、当然興味を持っていたそういう風景の中におけるメンタルな原風景、もしくは精神的な拠り所を摑もうとしていく流れがあろうかと思うんです。そういう中での先ほどの恐山に象徴されるようなこの世とあの世のドロドロした部分というものに対する彼の感性、感受性というものが見られると思うんですけれども、そういう部分でかなり文学に対する心がどんどん吸いよせられていって、当時たくさん本を読むんですね。漱石だとか芥川だとか藤村とか志賀直哉とか森鷗外とか、そういう作品をどんどん読んでそこから影響を受けて、そして物語を自分で作っていくという意欲になっていっていると思うんです。14歳の少年にしてはちょっと早熟ですけれども。

鎌田　その早熟さも寺山の特徴の一つですね。多分、これは中学時代の話であまり知られていないと思うんですが、なかなか性的にも早熟だったらしくて、当時の友達の話だと、当時青森の古川というところに小屋掛けのストリップがあったそうです。思春期の少年たちですから興味があるわけですよね。寺山は難なくそこに潜り込むテクニックを持っていたと。それは「まいどさまです。弁当屋です」と言うと「ご苦労さん」って言われてスッと入っていけたと。それを一緒に行った他の子供達は出来なかったと。

石田　すごいですね。知恵者ですね。

鎌田　多分、そこには見世物小屋とかもあって、彼が見世物的世界に拘ったのは、この青森時代にかなり感化されたんじゃないでしょうか、見世物スペクタクル。

石田　だから、物語を通して文学的な世界、自分の創作的な世界、そういうのに耽溺しているだけではなくて、むしろ今度は逆にそれが表現として、一つの舞台の上に脚光を浴びてライトがついて、そしてそこに独特のパフォーマンスがあるということを発見するわけです。それが思春期に入っていく少年にとっては全く新しい体験になってくる。

鎌田　そうですね。その記憶が『田園に死す』という歌集から映画にダイレクトにつながっていく。

石田　彼にとっては、同一世界になっていて落差がないんですよね。自分の文字で書かれた世界と、実際に映像として見える世界は落差がなくて、同時に彼の中では存在しているという、これは非常に特徴的かもしれませんね。

鎌田　そうですね。ですから映画の中に描かれている、母親と二人暮らしだけれどその母親から逃れたい。そして八千草薫演じる隣家の若い奥さんに憧れるわけです。そういったところも、そうだったんじゃないかなという気がしますね。彼の『誰か故郷を想はざる』はほぼ虚構なんですが、隣の奥さんに憧れたとかということは出てきます。また新高恵子が演じた間引女が自分の産んだ子供を川に流すという場面が出てきて、後に彼女は都会へ出て行って、戻ってきたときには都会的な色気のある女になって、少年を犯すという場面があるんですけれども、これはまさに彼の中にある、そういったトラウマなり願望なりが全部詰まっていたような気がしますね。

Ⅶ　ジャック・プレヴェールと「天井桟敷」

石田　今お伺いしていて、思ったんですが、ジャック・プレヴェールというフランスの詩人がいます。彼もどっちかというと当初は詩人、それから児童文学も書いたりするんですけれども、同時に戦争時代に『天井桟敷の人々』という映画を作るんです。その中でもある意味で憧れというか、そういう世界が表されていて、寺山とちょっと似ているというか、ダブるところがあるんです。

鎌田　やっぱり手本にしていると思いますよ。

石田　そうですか。

鎌田　自分の劇団に「天井桟敷」と名付けるあたりはプレヴェールですよ。

石田　ああ、そうか。そうですね。寺山を見ていると、何となくプレヴェールの感性に近いんじゃないかなと。決してプレヴェールも、当時のようなフランスの文学のランボーやヴェルレーヌやマラルメといったある意味で難しい、どっちかというと普通の人が理解するのが大変なような。それからシュルレアリスムとかと比較してもプレヴェールってどっちかというと低く見られて、あまりにもわかり易く大衆的というか。

鎌田　その通りです。とても大衆的だと思います。

石田　しかし、今日ではもちろんそういう評価ではなくて、むしろ高い評価を得ています。あえてそういう表現を使っているところと、寺山修司という人の作風も近いような気がします。非常に大衆受けするように見えながら、実はちゃんと計算されて、そして表現としては完成度を持っている。それに似たところがあるように見えるんですけれども。

鎌田　彼は詩人として出発しているかもしれないけれども、小説もメルヘンも書いている。後にプレヴェールは映画の世界にやっぱり行きますよね。

石田　映画の原作をたくさん書いています。

鎌田　そういうところが非常に寺山は似ていると思います。

Ⅷ　「母逝く」という虚構

石田　似ていますね。そして15歳になって、今度は青森高校に入学して新聞部や文化部に参加します。「山彦俳句会」というのを設立して、そして雑誌『青蛾』を発行したり東奥日報に短歌を発表したりします。「母逝く」という、まるでお母さんをあの世にやっちゃうというタイトルを付けますけれども。

鎌田　これが彼の虚構性の最たるものでしょう。遠くには居るけれど、まだ生きてるんだから。はつさんは後年「私は修ちゃんに何度も殺されていますから」と言ってました（笑）。

石田　殺すなよって言いたいですね（笑）。

鎌田　そのときに「暖鳥」という句会に出たとき、主宰吹田孤蓬が寺山に「このたびは」と言って香典を出したんです。新聞で「母逝く」を読んでお母さんが亡くなったんだと。そのときに寺山がモジモジしていたら、孤蓬が「なんだ、フィクションか」と言ったという話を聞きました。

石田 まさに表現者としてというか、虚構を生業とするというか、実生活でそれを表している。

鎌田 生活の中にも虚構が素地として定着している。

石田 あっちの世界とこっちの世界へ自由に行ったり来たりできるように、システムになりつつあるというふうに見えますね。15歳ですよ、まだ。そういう意味では早熟ですね。

鎌田 早熟です。

石田 そして16歳、句集『やまびこ』を編集して発行します。青森高校の文学部会議を組織して京武久美とか近藤昭一、塩谷律子などが参加した。

鎌田 いわゆる結社の発展形です。

石田 当時としてはムーブメントとしては新しかったんでしょうかね。

鎌田 そうですね。それを彼は単なる部活としてじゃなくて全県に広めていくわけです。青森県文学会議という形で。それで彼は積極的に県内の高校を回っているんです。

石田 それはどういう意図があったんでしょうか。

鎌田 当時、桑原武夫というフランス文学者が「俳句は芸術ではない。もし芸術というんだったら第二芸術とでも言ったほうがいいんじゃないか」というようなことを言ったのに、寺山は随分反発したみたいです。それなら、一丁ギャフンと言わせてやろうという意味合いもあったと思います。

石田　桑原さんは、『第二芸術論』という本も出します。そういう日本の文化をどちらかというと、ヨーロッパの文化から見下すような。

鎌田　そう、ちょっと鼻持ちならないところがありますよね。

石田　あります。そういう評価に寺山は反発して、むしろ逆に挑んでいくというのが彼の少年時代。

鎌田　それは一つの彼の反骨精神の表れであり、そこから文学的な挑発につながっていくと思います。

石田　その時期にはまだ寺山に、津軽なり青森なりの地方性というのを彼は担いでいたと意識はあった。

鎌田　そうだと思います。そういう意味では少年的というか、まっとうというか。

石田　ピュアですね。

鎌田　はい、純粋です。

石田　そして17歳、その頃から寺山は全国高校生俳句会議を組織したり、全国高校生俳句コンクールを主催したりしますね。また柳田国男に興味を持ったり、戦時中の新興俳句運動に興味を持ったり、大映の映画の母もの映画を好んだり、フランス映画の『肉体の悪魔』などに興味を持ったりと、要するに非常に多様な活動と、いろいろなものに興味を持って心を開いていくというのが17歳。多感ですよね。

鎌田　はい、そういう意味では非常に多感で柔軟ですよね。

石田　秀才とまでいかないけれども、17歳でいろんな文学やら芸術に心が開かれていく、そういう青年の青春のある意味で成熟しつつあるような、爛熟していくような時期だし、それが地方性から逆説的には脱していく、殻から外れていくように自由になって別のものに生まれ変わっていくという契機にもなっているかなと思うんですが。

鎌田　その転機が早稲田大学入学ということなんじゃないかと思いますが、それはまだもう少し先の話で。

石田　そうやって寺山はあちこち短歌や俳句を通して全国を飛び回ったり、多感な青春を生きていますが、寺山修司が心をいろんな世界に開いていく中で、当然のように男性ですから女性に対する興味もそこで生じているでしょう。寺山の初恋というか、恋する青年寺山修司というのはどうでしょう。

鎌田　これもいろんな方が書いていることですが、わりといい男のようにも思うんですが従兄の考四郎の話では、あまりもてなかったというんですよね。

石田　シャイ？

鎌田　かも知れないですね。ですから本当に相思相愛の仲になったのは、大学に入ってから入院中に知り合った夏美という人で、この人が寺山最初の恋人だと言われるんです。でも、私はあることをきっかけに寺山が高校時代にある女性と付き合ったということを知りました。それはさっき言った寺山が京武久美とか亡くなった近藤昭一という青森高校の仲間と共に「青森文学会議」というのを立ち上げて、その協力のために彼はいろいろなところに行っているんですね。八戸の八戸高校にも、黒石の黒石高校にも行ってるし、弘前の弘前高校、それから弘前高校だけじゃなく弘前の女子高校にも行ってるんです。どうしてその女子高校に行ったかというと、文学会議立ち上げのときに俳句を募集した際、募集してきた高校にその女子高校があった。それで投稿してきた女性を訪ねて行ったのがきっかけでその女性と付き合うようになったんです。

石田　その方は弘前の方ですか。

鎌田　家は黒石です。でも、彼女は弘前に通っていた。

石田　デートした場所は弘前ですか。

鎌田　私は彼女にどういうところに行ったのかと聞くと、たびたび弘前に寺山が来て弘前公園とかでデートしたって言うんです。

石田　じゃあ、生家にわりに近いところまで来ていた?

鎌田　そういうことになりますね。

石田　あまりそのことについては、寺山は語らなかった?

鎌田　語っていないようです。私は彼女に宛てた寺山の手紙をすべて読ませていただいたんですが、その時点で寺山は一切触れていません。ただし、これは寺山が東京に行ってから彼女にあてた手紙の中で書かれていた言葉に私はあっと思ったんです。「僕は弘前生まれだそうです」と。

石田　初めて寺山の口からそれが出る。

鎌田　それが初めて。

石田　すごいですね。

鎌田　あ、そっかと、その手紙を読んで彼女はそう思ったそうです。そして末尾には「あなたは黒石生まれ？」というクエスチョンがついているんですよ。

石田　このことの意味ってあるんですかね。寺山がその時点でそういうことを感じて、彼女にわざわざそう表現して書いた。

鎌田　いや、私はあまり意図してなかったような気がします。まだ有名人ではありませんから、たまたま付き合った女性に言っちゃった。

Ⅸ　寺山はなぜ「弘前生まれ」を消したのか？

鎌田　ただ、私がさまざま研究した中で言われていたことは、寺山は弘前生まれだということをなぜ隠さなきゃならなかったのか。彼が弘前生まれだと認識したのはもっと後年だったと言われ続けていました。それなのに高校時代、既に自分が弘前生まれだということを認識していたということは、この手紙によって初めて私はわかったことです。それはなぜかというと、寺山ととても親しかった高取英さんの『寺山修司　過激なる疾走』の中で高取さんが、今は三沢市に編入された六戸郡犬落瀬村というのが寺山の本籍地なので、寺山さんは自分が三沢生まれだと勘違いしたんじゃないかということを書かれています。そのくらい周りの人間も知らなかったということです。ただ、九條今日子さんに「あなたは知っていたの？」と聞いたら「もちろん」と答えた。婚姻届を出したりしてますものね。それに戸籍謄本にも本籍地には弘前と書いていますから。ですから寺山は、

石田　自覚していた。

鎌田　そう、弘前生まれを自覚していたということです。寺山は『誰か故郷を想はざる』の中にも出生譚を書きましたが、いろいろな本の略歴には青森生まれだとか三沢生まれだと書く。そうするとそこにいろいろ物語が生まれてきます。ところが弘前生まれからは寺山修司らしい物語が生まれるかというと、それはないような気がします。

石田　それは意図的に消したんですかね。

鎌田　はい、意図的に消したと思います。つまり、弘前生まれから浮かび上がってくるのは、エリートの父の存在と、古い城下町で、宮様が赴任する軍都で、国立大学のある学都である弘前では、寺山の歴史を構築するには温すぎて劇性がない。

石田　それは彼にとっては決してプラスにならない。

鎌田　プラスにならない。物語性がないですよ。

石田　それが青年寺山修司の一つの表現者としての戦略だったのかも知れませんね。

鎌田　まさに戦略ですね。

石田　そう言っちゃいけないんですけどね。

鎌田　いいと思いますよ。かなりしたたかな作戦と言ってもいいかも知れないです。

石田　わかりました。ありがとうございます。今日は「寺山修司と弘前」というところでお話をお伺いいしして、非常に面白いお話を伺うことができました。ありがとうございました。

鎌田　こちらこそありがとうございました。

注

鎌田紳爾（かまた・しんじ）

１９５６年、弘前市生まれ。洗足学園音楽大学音楽学部声楽科卒業。パリ・エコール・ノルマル音楽院演奏家コース第４課程修了。専門は、フランス近現代歌曲、及びシャンソン・ポピュレール。現在、弘前学院大学客員准教授

著書に、エッセー『北奥見聞録』、ＣＤブック『津軽語訳・走っけろメロス』

小説『望郷の虹―寺山修司青春譜』、評論集『ふたりの修ちゃ―太宰治と寺山修司』ほか。

[著者紹介]
石田和男（いしだ・かずお）
1948年生まれ。中央大学文学部哲学科卒業。パリ第四大学文学部哲学科中退。法政大学大学院人文科学研究科哲学専攻修士課程修了。弘前学院大学大学院社会福祉学研究科人間福祉学専攻修士課程修了。現在、弘前学院大学社会福祉学部教授。主な著書には『美意識の発生』（東海大学出版会）『転生する言説』（駿河台出版社）『プロデューサー感覚』（洋泉社）『環境百科』（駿河台出版社）『イマージュの箱舟』（彩流社）等が、主な訳書には『世紀末の他者たち』（ジャン・ボードリヤール、マルク・ギョーム）『動物たちの沈黙』（エリザベート・ド・フォントネ）『思考する動物たち』（ジャン＝クリストフ・パイイ）等がある。

ブックデザイン………佐々木正見
DTP制作………勝澤節子
編集協力………田中はるか

寺山修司を待ちながら
時代を挑発し続けた男の文化圏

発行日❖2020年2月28日　初版第1刷

著者
石田和男
発行者
杉山尚次
発行所
株式会社言視舎
東京都千代田区富士見2-2-2 〒102-0071
電話 03-3234-5997　FAX 03-3234-5957
https://www.s-pn.jp/
印刷・製本
モリモト印刷㈱

ISBN978-4-86565-170-6 C0074